Ronso Kaigai
MYSTERY
233

おしゃべり時計の秘密

Frank Gruber
The Talking Clock

フランク・グルーバー
白須清美［訳］

論創社

The Talking Clock
1940
by Frank Gruber

目次

主要登場人物

ジョニー・フレッチャー……書籍セールスマン
サム・クラッグ……ジョニーの相棒
サイモン・クイゼンベリー……クイゼンベリー時計社の創業者。時計コレクター
エリック・クイゼンベリー……サイモンの息子
ボニータ・クイゼンベリー……エリックの妻
トム・クイゼンベリー……サイモンの孫
ダイアナ・ラスク……トムの婚約者
エレン・ラスク……ダイアナの母
ニコラス・ボス……時計コレクター
ウィルバー・タマラック……クイゼンベリー時計社の営業部長
ジョー・コーニッシュ……クイゼンベリー家の土地管理人
ジム・パートリッジ……私立探偵
ヴィヴィアン・ダルトン……ショーガール
モート・マリ……出版社の社長
マディガン……ニューヨーク市警の警部補
ピーボディ……〈四十五丁目ホテル〉の支配人

おしゃべり時計の秘密

第一章

サイモン・クイゼンベリーは死にかけていた。齢七十を過ぎてまだ四年しか経っていないが、老いた心臓には過度な負担がかかり、二年前にはドクター・ワイカグルに余命わずか六か月と宣告された。しかし彼は、医師の見立てを裏切って、さらに十八か月生き延びていた。

だが、十九か月は無理だろう。サイモン老人はそのことを知っていて、車椅子に座り、自分に残されている時間を時計が刻むのを聞いていた。そこには千の時計があり、それぞれ同じ物語を語っていた。一回カチリといえば一秒、六十回カチリといえば一分、千回カチリといえば千秒……いいや、千回カチリといっても、ほんの一秒だ。

サイモンは時計をにらみつけた。混乱させられる。いまいましい代物だ。大金を注ぎ込んできたというのに、結局は裏切られた。それは彼の余生を刻んでいた――あまりにも速く。

そこには千の時計があった。あらゆる形とサイズの時計だ。新しいものもあれば古いものもある。サイモンは世界各地からそれらを集め、歴史の中から発掘したものもあった。十五世紀の教皇領の王子が所有していたものや、ロシア皇帝のとっておきもある。大主教の愛人の持ち物もあったし、十八世紀の海賊が絞首台に向かうときに身に着けていたものもあった。

時計は時を刻んでいた。隅の振り子時計、ガラスケースの中の宝石を飾った小さな時計、一日に二十四回、一時間ごとに雄鶏が時を告げる、光沢ブロンズ仕上げの置時計。

あらゆる時計が時を刻んでいた。そのどれもが、サイモンに残された時間の短さを思い出させた。老人の青い目が時計を激しくにらみつけ、しわの寄った手が、車椅子の横にあるテーブルのベルを鳴らした。

使用人が静かに部屋に入ってきた。名前は思い出せない。ボニータが家を取り仕切るようになってから、使用人がやたらと増えていた。あまりにも出入りが激しいので、顔も覚えていられない。サイモンは目の前にいる使用人に向かって顔をしかめた。

「時計を止めろ」

使用人は部屋を見回した。「ええと……全部ですか?」

「当たり前だ、馬鹿者め!」サイモンは鋭くいった。「これ以上チクタクいうのを聞いていたくない。全部止めろ」

サイモンが命じたのはきわめて骨の折れる仕事だった。使用人が雇われたのは、時計を動かしておくためだった。ねじを巻く必要のあるものは巻き、錘式の時計には錘をつける。時計を動かしておくやり方は教わっていたが、止め方は教わっていなかった。

彼がおぼつかない手つきで三つ目の時計を止める前に、サイモン・クイゼンベリーは怒りで顔を紫にし、車椅子で部屋を出ていった。そして、別の使用人を呼んだ。

「工場に電話しろ」彼は指示した。「せがれに、ニコラス・ボスを連れてここへ来るよう伝えるんだ。到着したら知らせてくれ」

サイモン・クイゼンベリーは、いったい何事かと知りたがっている少人数のグループを見回し、目にしたものに満足した。

彼は息子のエリックにいった。「おまえが今のおまえのようになったのは、わしのせいかもしれん。だが、おまえに素質があれば、わしを身動きできなくしただろう——そして、わしはそれに満足しただろう」

エリックは四十九歳だった。がっしりした体格で、乗馬ズボンにブーツ、つば広のステットソン帽という格好でないときには、ツイードを着ていた。エリックはどこから見ても男らしかった。だが、見た目だけだった。彼は父親の皮肉に顔を赤らめ、妻のボニータを不安そうに見た。ボニータは、あからさまな軽蔑の目で夫を見ていた。

エリックはいった。「不公平です、お父さん。わたしをこの会社に入れておきながら、何の権限も与えてくれないのですから」

「当然だ」サイモンはぴしゃりといった。「おまえがまっとうな大人になっていれば、権限を与えたとも。だがな、ひとつ驚かせてやろう、エリック。おまえに会社を継がせる。全部おまえのものだ。百万ドルの負債さえ払えればな」

エリック・クイゼンベリーは目をしばたたいた。「百万……」

「百万ドル。それがクイゼンベリー時計社が銀行から借りた金だ。猶予は六か月ある。それまでに、百万ドルを払う当てがあると銀行を信用させることができれば、チャンスはある。銀行が信用しなければ——会社は連中のものになり、おまえは求人広告を読むことになるだろう。そのほうがいいのかもしれんが……。何かいいたいことはあるか、ボニータ?」

ボニータ・クイゼンベリーはエリックの二番目の妻だった。自称三十五歳だが、見た目は四十歳、実年齢は四十五歳だった。黄褐色の肌で、あばずれ女が好きな人間には美人に見えるだろう。繊細さは電動ノコギリと同程度だ。彼女は義理の父親にいった。「時計のことを聞きたいんですけれども。わたしがいつも時計に魅了されているのはご存じでしょう。わたしの思いは――」

サイモンはぶつぶついった。「ああ、おまえの思いはわかっている。〝頭がおかしくなりそう。老いぼれのお金のためじゃなかったら、家じゅうの時計をぶち壊してやるのに〟そんなところじゃないか、ボニータ？　答えんでいいよ。時計はおまえのものにはならないのだから。そこにいるギリシア人の友達のものになるのだ。わけを教えてやれ、ニック」

ニコラス・ボスは背が高く、痩せていて、オリーブ色の肌をしていた。彼はうなずいた。「なぜなら、時計の真価がわかるのはわたしだけだからです。わたし自身、コレクターなのでね。それに――」彼は礼儀正しく咳払いした。「時計はすでにわたしの抵当に入っています。そうでしたね、わが友？」

「ああ」サイモン・クイゼンベリーは同意した。「わしが苦境に陥ったとき、ニックが五十万ドルをぽんと出してくれたのだ。その見返りに、わしはひとつを除いて、家にあるすべての時計を担保にした。わしが死んだときには、彼は抵当権を行使することができる……」

「しかし、そのひとつというのが、ミスター・クイゼンベリー」ギリシア人がつぶやいた。「どれよりも価値のあるものです。そのためなら五万ドル出しましょう」

「それでは安いな、ニコラス。とはいえ、売る気はない。おしゃべり時計は孫のトム・クイゼンベリーに遺すつもりだった。しかし――」老人の声が喉に絡んだ。「やつは祖父に劣らぬ大泥棒の悪党になったようだ。すでに立派にそれを証明している——おしゃべり時計を盗んだことでな」

サイモンは周りに集まった人々を、鋭い目で順ぐりに見た。その目が息子のエリックに止まった。

「そうとも、あいつは時計を盗んだ。だが、それだけの度胸があった。それに、親父にハドソン川へ飛び込めというだけの度胸があった。あの子は時計を持つにふさわしい。ただ、あれがどれだけ価値のあるものか、わかっていてほしいものだ。なぜなら、わしが遺すものの中で、あれが一番価値のあるものだからだ」彼は鼻腔を膨らませた。「まだ望みを持っているのか、エリック? やめておけ。会社は六か月間はおまえのものだ。この屋敷もおまえのものになるが、六か月は持っていられないだろう。銀行がすぐにも圧力をかけてくるだろうからな。そうとも、ここも隅から隅まで抵当に入っているのだ。……何かいったかな、ボニータ?」

ボニータ・クイゼンベリーの顔からは色が失われ、頬紅だけが赤い浮島のように目立っていた。鼻腔は膨らみ、目はぎらぎらしている。彼女はいった。「いまいましいくそじじい!」

サイモンは笑った。甲高い、冷淡な笑いだった。「おまえがその台詞をいわなかったら、がっかりしていたところだよ、ボニータ」

第二章

屋敷を最初に出たのはボニータ・クイゼンベリーだった。彼女は広いベランダでしばし足を止め、不愉快そうに敷地を見た。四年前に初めて訪れたときから〈時計屋敷〉を好きになったためしがない。屋敷そのものは、ボニータの趣味にぴったりな贅沢さだったが、サイモン・クイゼンベリーは時計に取りつかれていた。屋敷全体を変わった時計で埋め尽くすだけでは飽き足らず、敷地にまで時計のモチーフを広げていたのだ。

屋敷は険しい丘の上に建てられ、それを中心に砕石舗装した道が、時計の文字盤のように正確な対称を描いて十二本延びていた。六時を指す道は、正門に通じる自動車用の私道になっている。

ボニータ・クイゼンベリーは百ヤードほどあるその私道を歩いた。門の脇には石造りの小屋があり、彼女が近づいていくと、浅黒くがっしりした男が出てきた。彼はボニータ越しに屋敷を見やり、いった。

「どうした、ボニータ？　ネズミを取り上げられたネコのような顔をしてるじゃないか」

ボニータは男に冷ややかな目を向け、小屋に入った。男もそれに続き、ドアを閉めた。

「うまいことやったんじゃないか？」彼は訊いた。「さっきエリックが入っていったぞ」

「知ってるし、どうだっていい」ボニータはいい返した。「何もかも、どうだっていいわ。もう潮時ね。あのじいさん、最後に汚い手を使ってきたわ」

名目上は土地管理人のジョー・コーニッシュは、問いかけるようにボニータを見た。「やつはもう何日ももたないんだろう？　そうしたら、分け前が入るはずだ」

「それが汚い手だっていうのよ。分け前なんかない。たった今いわれたわ。ここにあるもの全部が抵当に入ってるのよ。執行官は、あいつがくたばるのを待っているだけ」ボニータは怒ったように顔を歪めた。「このまま出ていける？　あの意気地なしのエリックと結婚したのは、億万長者の父親が棺桶に片足突っ込んでいて、もう片方の足をバナナの皮の上に乗せていたからよ。そうしたらどう？　あのじいさん、自分のものは全部質入れしていて、くたばったときには十セントだって残らないわ。つまり、わたしは人生の盛りを四年も無駄にしたってわけよ」

ジョー・コーニッシュの濃い茶色の目がきらめいた。「まったく無駄ってわけじゃないだろう、ボニータ？」たくましい腕を彼女の腰に回し、引き寄せて真っ赤な唇にキスをする。しばらくして彼女を離し、ジョーはいった。「それに、何ドルかは手に入る」

「ジョー」ボニータはむっとして、浅黒い土地管理人を見た。「ときどきあなたを殺したくなるわ」

彼は笑った。「だろうね」

ボニータは怒ってドアへ向かった。ドアを開けたとき、エリック・クイゼンベリーが私道を歩いてくるのが見えた。

相手もボニータを見ていたので、彼女はその場に立っていた。近づいてきた夫はいった。「お邪魔だったかな？」

「いいえ」彼女はいい返した。それから、門のほうへ向かう夫にいった。「彼女に知らせに行くのにご一緒しましょうか？　それとも、あの天使のようなエレンのことを、わたしが知らないとでも思ってる？」

エリックは答えなかった。門まで来ると、振り向きもせずにそれをくぐった。

彼はぎくしゃくとした足取りで丘を下り、ヒルクレストの村を抜けて、エレン・ラスクが暮らす質素なアパートメントを目指した。彼女は家にいて、いつもの穏やかな態度で迎えた。

「こんにちは、エリック」

エレン・ラスクは四十五歳だったが、肌は二十年前と同じくらいすべすべしていた。ボニータ・クイゼンベリーのように突っ張ったところはない。

エリックは素早く居間へ行き、エレン・ラスクに面と向かって、苦々しくいった。「もうおしまいだ。父は一セントも残さずにわたしを切り捨てようとしている。父のものはすべて抵当に入っている。会社さえもだ。少なくとも、それくらいは遺してくれると思っていたのに。だが、そうじゃなかった。六か月後には、わたしは浜辺に打ち上げられているだろう。やり直すには遅すぎる」

エレン・ラスクは額にしわを寄せた。彼女は静かにいった。「何とかなるわよ、エリック」

「どうやって？　わたしは一度もチャンスをもらえなかった。父はわたしを子供扱い――あるいは、能無し扱い――してきた。なのに今になって、会社を丸投げしてきた」彼は短く笑った。「まあ、とにかく、ひとつの問題は片づくだろう。ボニータのことだ」

エレンがすぐさまいった。「駄目よ、エリック、あなたは――」

「ああ、わたしは何もしないさ。でもあいつはやるだろう。金のために結婚したのに、結局無一文だとわかったんだからな。もう一日だって未練はないだろうな……。きみと結婚すればよかったよ、エレン」

エレン・ラスクは顔を上げた。少し悲しそうな笑いを浮かべる。「もう遅いわ、エリック」

「わかっている」彼はうめいた。「父とは二十五年前に決別しておくべきだった。そうしていたら、事態は変わっていただろう。だけど、エレン、本当に遅すぎるのか？」

「ええ」彼女はつぶやいた。「ダイアナがいるわ……それにトムも……」

息子のことをいわれ、エリックはたじろいだ。「父は誰よりもトムがお気に入りだ。なのにトムは……父が家宝のように大事にしていたおしゃべり時計を盗んでいった」

エレンははっと息をのんだ。「エリック、トムがやったかどうかはわからないでしょう――」

「いいや、わかる。トムが家出したときに、おしゃべり時計も消えたんだ。今も出てきていない。父は何もいわなかったが、今日、トムが時計を盗んだと認めたよ……たぶんトムは、本物の値打ちの何百分の一というはした金でそれを売り、ぱっと使ってしまったに違いない」

「トムから連絡はないの？」

エリックはかぶりを振った。「ハガキ一枚来ないよ。わたしは――いつでもあいつのことを考えている。ダイアナに連絡はなかったか？」

「ええ。あの子も心配してるわ。間違いなく、あのふたりは――シッ！　ダイアナだわ」

その通りだった。掛け金の鍵を手に、アパートメントに入ってくる。背が高く、ほっそりした少女で、年は二十歳前後。三十代前半の、痩せた浅黒い肌の男が一緒だった。男はエリック・クイゼンベリーを見ると目を見開いたが、その驚きは満足げな表情に変わった。

「これはこれは、ミスター・クイゼンベリー。あちこち探していたんですよ。実は――」

エリックは少なからぬ嫌悪感を込めて彼を見た。「二時間前に会社を出たばかりだが――」

「トムのことなの！」ダイアナ・ラスクが割って入った。「トラブルに巻き込まれているのよ」

「ご説明したほうがいいでしょう」ウィルバー・タマラックがいった。「あなたが会社を出た直後に電話がかかってきましてね。電話を取り次ぐよりは、ひとっ走りヒルクレストまで来たほうがいいと思ったのです。長距離電話でした。ミネソタのどこかの保安官からでしたよ。トムを勾留していると」

「なぜだ？」

タマラックはたじろいだ。「どうやら――」

「強盗を働いたというの！」ダイアナが叫んだ。「でも、そんなの馬鹿げてるわ。トムがそんなことをするわけがない。わたしにはわかるわ。助けに行かなきゃ」

エリック・クイゼンベリーはダイアナ・ラスクからその母親へと視線を移した。「ミネソタにいるのをどうやって助ける？　そもそも、どうやってそんなところまで行ったんだ？」

「どうやって行ったかなんて、関係ないでしょう？」ダイアナは声を張りあげた。「彼がどこへ行こうと、わたしたちは助けにいくわ。わたしたち――じゃなくて、わたし、彼のところに行くから」

エリック・クイゼンベリーは目をしばたたかせた。「ダイアナ、きみが？　どうしてそんなところまで行こうとする？　ダイアナ、それはわたしの仕事だ……と、思う」

〈時計屋敷〉に戻ったエリックを、ボニータがベランダで待っていた。「ウィルバー・タマラックに会った？」そう訊いてから、自分で質問に答える。「ああ、顔を見ればわかるわ。で、あなたの息子は刑務所にいるってわけね？　強盗の罪で。あの子のことをどう思ってるの？」

　エリックは両脇でこぶしを握った。「いつでも変わらないさ。あいつはわたしの息子だ。おまえにたぶらかされていたときには、しばらく忘れていたがね。わたしは息子のところへ行く」

「今？」ボニータが大声でいった。「お父様が、今にも死にそうなときに？」

　エリックは彼女を軽蔑したようにちらりと見て、家に入った。まっすぐに父の部屋へ向かう。車椅子の上でじっとしていた老人が顔を上げる一瞬前、エリックは本当のサイモン・クイゼンベリーを目にした。あまりにも長生きしすぎ、今はその生命の糸が指をすり抜けるのを感じている、怯えた老人を。

　それからサイモンは彼を見て、苛立ちをぶつけた。「何の用だ？　わしが考えを変えるとでも思ったのか？」

「トムのことです、お父さん」エリック・クイゼンベリーがいった。「たった今、知らせがあったんです。息子は厄介事に巻き込まれています」

　獰猛な老人は目をぎらりとさせた。「厄介事？　あいつはどこにいるんだ？」

「ミネソタ州の、ブルックランズという町です。逮捕されたそうで。とても深刻な事態です。強盗だとか」

「強盗！」老人は鼻で笑った。「馬鹿馬鹿しい。トムが強盗などするはずがない。他人からものを盗むなんて」サイモンは顔をしかめた。「何をぐずぐずしている？　なぜあいつのところへ行かない？」

　エリックは額にしわを寄せた。「でも、お父さんは？……」

「わしが何だ？　心配いらん。自分がこの世におさらばしようとしているのは知っているが、わしは片をつけたのだ――自分なりにな――だから、もうやり残したことはない。だが、おまえはトムを苦境から救ってやれ。今すぐあいつのところに行くんだ。さもなければ神かけて、おまえをこの家から追い出してやる――今夜にもな！」

第三章

クリスマス・イブに家の外で大きな音を立て、中にいる少年にサンタクロースはたった今射殺されたと告げるという古いジョークは、ジョニー・フレッチャーの若い頃にはすたれていたが、今のジョニーにはその少年の気持ちがよくわかった。

彼は運送会社の係員をたっぷり五秒見てから、ようやくあえぐようにいった。

「今、何ていった？」

「送料は九ドル四十二セントといったんです」

ジョニー・フレッチャーの隣で、がっしりした大男のサム・クラッグがよろめき、苦悩の叫びをあげた。「やつめ、着払いで送りやがったのか？」

「やつのことは知りませんが」係員は無駄なことはいわなかった。「荷物の送料は九ドル四十二セントです」

ジョニー・フレッチャーは瘦せた体を激しく震わせた。それから、やぶれかぶれにいう。「なあ、いいか、おれはただの本のセールスマンだ。ちょっとつきがなくてな。車はベミッジで壊れちまった。相棒とふたり、そこから歩いてきたんだ。ここで本が待っていると知っていたからだ。おれたちは素寒貧《すかんぴん》なんだよ。まったくの。ふたり揃って十セントも持っていないが、あの箱の中の本があれば立ち直れる。そこでだ、明日までおれたちを信用してくれたら、料金を払えるだけ売りさばいて――」

「駄目です」係員はいった。「運送会社はそのような取り引きはいたしません。料金が払えなければ、送り主に返送しなければ」

「送り主も送料を払えなかったら、そのときはどうなる？」

「そのときには荷物を売って、送料にします」

「だが、そいつは馬鹿げてる！　売れるまでまる一年預かって、送料しか手に入らないなんて――しかも、運よく買い手が見つかったらの話だ。いいか、あんたに提案がある。その箱には本が百冊入っていて、一冊二ドル九十五セントで売れる。箱を開けて、四冊だけ出してくれりゃ……三十分以内に売ってみせる。こんなしけた町でもな。それから戻って、料金を全額払ってやるよ。公正な提案だと思わないか？」

運送会社の係員は冷たくいった。「九ドル四十二セントいただかなくては、本は渡せません。運送会社にできる提案はそれだけです」

「だったら、本を持っとけ！」サムが怒鳴った。「そいつを持っとけよ。そうすれば――」

サムは係員に、彼らをどうするかを説明した。係員は薄く笑った。「本当にお金がないんですか？一ドルも？」

「持ってるわけないだろう」ジョニー・フレッチャーがいった。「金があったら、朝食抜きでこんな朝っぱらから来ると思うか？」

「いいえ」係員はいった。「思いませんね。たまたまわたしは、運送会社の係員だけでなく町の巡査も兼任していて、浮浪者を取り締まる権限を与えられているんです。したがって、あなたがたを留置場へ連れていかなくてはならない。さあ、さっさと来るんだ。さもないと――」

その続きは聞けなかった。ジョニー・フレッチャーとサム・クラッグは、ドアの蝶番も外れよとばかりの勢いで、運送会社のオフィスを出ていった。運送会社の係員兼巡査が歩道に出た頃には、ジョニーとサムは半ブロック先をずんずん歩いていた。

町境を越えるまで、ふたりは速度を落とさなかった。それからジョニー・フレッチャーは、サム・クラッグが追いつけるよう歩をゆるめた。サムはニューヨークのタクシーのようにぜいぜいいっていた。

「モート・マリがおれたちに使った一番汚い手だ。着払いで本を送るなんて！　受取人払いの電報で、おれたちが無一文だと知っているはずなのに」

ジョニーはかぶりを振った。「人間性というものが信じられなくなりそうだ。理解できない。おれたちは一度だって期待を裏切ったことがないのに。とにかく、あいつにそれほど借りはないはずだ。たったの二百ドルだぞ」

「疫病神だ」サムが嘆いた。「この州に来てから、そいつがずっとついてきてる。ステート・フェアに行ったよな。どの州のステート・フェアよりも人が集まる――いつもなら。ところが、今年はどうだ？　フェアの間ずっと雨降りで、出てきたのは、自分たちのカヌーを持ってきたやつらだけだった。それから、このアイアンレンジ（ミネソタ州北東部）まで来てみれば、ポンコツ車が十六万マイルしか走っていないくせに木っ端みじんになった。そして今度は――これだ！」

「しかも」ジョニーが苦々しげにいった。「知らない州で、冬が近いときてる。オーバーもない、本もない、車もない。何もない」

サム・クラッグは鋭く息を吸った。サムがこぼすのは日常茶飯事だが、ジョニー・フレッチャーが――彼は驚いて相棒を見た。

「いや、もっとひどいことになっていたかもしれないぜ、ジョニー」彼は発言を撤回するようにいった。「なあ、無一文になったことなら何度もあるし、そのたびにうまくやってきただろう。あんたなら何か思いつくさ、ジョニー。いつもそうだったじゃないか」

「ここじゃ無理だ」ジョニーが悲しげにいった。「荒野じゃ勝ち目がない。ボーイスカウトをふたり集めて、火を起こさせることができるかどうかも怪しいものだ――焚火で調理する食い物があればの話だがな」

「おい！」サムは不安そうに叫んだ。「あきらめるな。この州にだって、村や町はあるだろう……。ほら、あそこに標識がある……二マイル先、ブルックランズ。そう遠くはない」

「どうせ人口二百九十四人ってとこだろう。そんな規模の町じゃ、うまくいきっこない。土地の人間ってのは疑り深すぎる。小切手を換金すらしないに違いない」

サム・クラッグは顔をしかめた。「それで思い出した。この本に何かあるかもしれない」彼は尻ポケットに手を伸ばし、ペーパーバックの本を出した。タイトルには『やさしいカードトリック二十選』とあった。

ジョニーはため息をついた。「しまっておけ、サム。カードのいかさまなんて役に立たない。そいつに札《さつ》を置くやり方が書いてあれば……だが、そいつもうまくいかないだろうな。使う札がない」

ジョニーがいっているのは、腹黒い紳士たちがたしなむ、ちょっとした気晴らしのことだ。つまり、十ドル札を持って店に行き、少額の買い物をして、釣銭を数えるのを混乱させると、なぜだか決まって店側が損をするという仕組みだ。

ジョニー自身は〝札を置く〟ことは一度もなかったが、試してみたくなるほどやけになっていた……元手の十ドル札さえあれば。

ブルックランズは、ジョニーの不吉な予言通り、人口三百人ばかりの大都市だった。短い商店街があり、数件の家が切り詰めたような脇道にまばらに建っている。

ほっぺたの赤い、五十歳くらいの男が、最初の建物に近づいてくるふたりを見ていた。ふたりが男の隣まで来ると、そいつは一歩踏み出し、行く手をふさいだ。

「誰かを探しているのかい、兄《あん》ちゃん?」男は愛想よくいった。

「それを誰が知りたいっていうんだ?」ジョニーがけんか腰に尋ねる。

「おれは知りたいのさ。警察官だからな。おっと!……」彼は後ろに手をやり、南北戦争の頃に使われていたに違いない大型ピストルをさっと出した。

ジョニーとサムは戦意を喪失した。ジョニーがいった。「どういうつもりだ?」

「ポプラーシティに住むいとこから電話があったのさ。男がふたり、こっちへ来るとね」彼はウィンクした、「浮浪者ひとりにつき二ドルもらえる。州じゃいくつも道路工事をやっているからな。さあ、来るんだ、兄ちゃん」

男は軽砲手のように手振りで合図し、ジョニーとサムは疲れた足取りで、町外れの刑務所までとぼとぼ歩いた。それは驚くほど立派な平屋の建物だった。

正面の狭い部屋は警官のオフィスに違いない。壁のひとつに、十字に交差した金属棒でできたドアがあり、警官が鍵を開けた。

「中へ入るんだ、兄ちゃん。今夜は何もしなくていい。朝には判事が三十日をいい渡すだろう。三十日間、われわれの道路を整備するのを手伝うんだ……何かいったか、でかいの？」

サム・クラッグが肩越しにいった。「あんたの奥さんが、あんたのアップルサイダーに砒素を入れることを祈ってるよ」

それから彼は振り返って、監獄の中を見た。監獄にしては悪くない。室内はベッドを一ダース入れられるほど広いが、実際には五台だけだ。丈夫な鉄製のベッドで、マットレスも敷いてあった。

中にはすでにふたりが収監されていた。二十歳くらいの若者は、しみで汚れ、しわができてはいるが、上質な素材のスーツを着ていた。それに、古顔のような、よくいる浮浪者。

若者がいった。「当ホテルへようこそ」あまり熱のこもっていない声だった。

「やあ、諸君」ジョニーは愛想よくいった。「おれの名前はフレッチャー。こっちのでかいのはサム・クラッグだ」

若者は力なく笑った。「ぼくはトム・クイゼンベリー」

「よろしく」ジョニーは年かさの浮浪者を見た。目が合うと、相手は首を振り、小声でなにやらつぶやいた。ジョニーは肩をすくめ、ベッドのひとつに近づいて、マットレスの具合を確かめた。

「悪くない」彼は評した。「よくもないが、悪くもない」

サム・クラッグは二百二十ポンドの体をベッドに投げ出し、うめくようにいった。「問題ない。その道路工事とやらのために体調を整えるだけの睡眠は取れそうだ」

ジョニー・フレッチャーがたじろいだ。「ああ、道路工事か」彼は若者を見た。「お巡りは、宿なしを道路で働かせるといってたな。あんたたちふたりは、どうしてそう気楽にしていられるんだ？」

トム・クイゼンベリーは顔をしかめた。「この人は二時間ばかり前に入ってきたばかりなんです。そしてぼくは――たぶん、浮浪者とはみなされていないはずですよ。裁判を待っているところで」

「おやおや」とジョニー。「まさか――ユニオン・パシフィック鉄道で強盗でもやったんじゃないだろうな?」

クイゼンベリー青年は下唇を嚙んだ。「笑う気にはなれませんね。実際、ひどい気分だ」

第四章

文句をいっても刑務所暮らしが楽になるわけでもない。ぶち込まれたらそれまでなのだから、最大限に楽しんだほうがいい。トム・クイゼンベリーの不平を二時間ほど聞いたあと、ジョニー・フレッチャーはいった。

「なあ、いいかい、若いの、ここのベッドにはマットレスがある。すごいことだ、イリノイ州ブルーミントンの刑務所に世話になったことがあるが、あそこはスプリングがむき出しで、一か月もいれば背中で三目並べができる」

「ああ」サム・クラッグがいった。「それに、ミズーリ州パシフィックの刑務所の話も聞かせてやれよ。ネズミの巣のようなところに十八人も詰め込まれて、あんまり狭いもんだから交代で立ったり座ったりしたもんだ」

若者は（マットレス付きの）ベッドに腰を下ろした。顎が膝につきそうなほどぽかんと口を開けている。彼は顔を上げずにいった。

「あなたたちは慣れているんですね。でも、ぼくは初めてだ。刑務所に入ったことなんてない」

サム・クラッグが、バー歌手のようなバスの声を響かせた。

「刑務所に座って壁に背中を預ける
それもこれも全部、赤毛女のせい……」

ジョニー・フレッチャーは、サムに不愉快そうな目を向けた。「刑務所に慣れるやつなんかいないさ」彼はこれまでひとこともしゃべっていない浮浪者に向かっていった。「違うかい、古顔?」

その古顔と、漫画に出てくる浮浪者ピートとの違いは、古顔はひげを生やしていて、ピートよりずっと見苦しいということだった。古顔の服が立ち上がって、本人を置き去りにして逃げたとしても、ジョニーは驚かなかっただろう。

彼はジョニー・フレッチャーの問いには答えなかった。警察官以外の質問には答える価値なしという境地にあるようだ。

古顔というぞっとするような実例が、ほかのすべてと同じようにクイゼンベリーを気落ちさせているのが、ジョニーにはわかった。しかし、彼はボーイスカウト式の一日一善を決め込み、なおも若者に話しかけた。どうせ刑務所の中では、ほかにやることはない。

「何事も見方によるさ。ミネソタのアイアンレンジのどこかで、狭いムショにおれたち四人……。ところで、この町の名前は何だっけな、サム?」

サム・クラッグは頭をひねった。「ポプラーシティだろ。いや――そいつは別の町だ」

ジョニー・フレッチャーはたじろいだ。「そこはモート・マリが受取人払いで本を送った町だ。で、おれたちにゃそれを請け出す金がなかった。モートのやつも意地悪だな」

サム・クラッグは顔をしかめた。「金があるときにモートに払わないおれたちが意地悪なんだ。いつもなら、保安官を出し抜けるのはモートだけだとわかってるだろ。おれたちゃ出し抜くことすらできない」

「やれやれ」ジョニーがつぶやいた。彼はクイゼンベリー青年のほうを見た。「おまえさんは、どうして食らい込んだんだ?」

若者は顔を赤くした。「腹が減っていたんです。寝る場所もなかったし、あたりには誰もいなかったし、店の窓も開いていたから……」

「それで、忍び込んで金を盗んだと?」

うなずいた若者の顔は、真っ赤になっていた。「店主が店の奥で寝ていたんですよ」

ジョニーはいった。「強盗か。そいつはよくないな。懲役六か月くらいになるかもしれない」

「六か月!」サムが叫んだ。「一年から五年っていうほうがありうるだろう。州刑務所も、ここほど居心地はよくないぞ。何でまた——」彼はジョニーを見て、口をつぐんだ。

若者は泣き出しそうになっていた。ジョニーは、彼が家を出た理由すら疑問だった。

「そ——そんなに長くなると思いますか?」

ジョニーは怖い目でサム・クラッグを見た。「いいや。サムは冗談をいったんだ。ところで、家族はいるのか?」

若者は首を横に振りかけて、急に上下に振った。「ええ——父が。もう知らせが届いていると思います。だから——それが心配で。知られたくなかった。だけど、手紙を見つけられてしまって。父に知られなければ、何でもなかった。あるいは……」

「女か?」

若者はうなずいた。「学校を追い出されて、親父はかんかんになりました。ぼくは自分の面倒は自分で見るといった――だけど、無理だった。それだけのことです」

「何をいってるんだ！」ジョニーが声を張りあげた。「心配することなんかひとつもない。親父さんが来て、いい弁護士を雇ってくれるだろう。そうすれば、執行猶予で出してもらえるさ。サムとおれが三十日の道路工事を終えないうちに、おまえさんは大学に戻っているだろう。そうだろ、古顔さん？」彼はまたしても、プロの浮浪者に声をかけた。

古顔は答えなかった。自分の寝台に座り、レンガの壁に寄りかかって、膝を顎まで引き上げている。顔を覆うように帽子を傾け、彼は眠っているようだった。

サム・クラッグはポケットからぼろぼろのトランプを出して、切りはじめた。ジョニーはうめいた。相棒の手は、トランプを操るよりも岩を砕くのにふさわしかった。

「一枚引いてくれ、若いの」サムは明るくいって、扇のように開いたカードを差し出した。

若者はかぶりを振った。「そんな気分にはなれません」

サムはめげずに、ジョニーにカードを突きつけた。ジョニーは一枚引き、それを見た。「引いたぞ。今度はどうすればいい？」

サムがカードの束の半分を出した。「ここに置いてくれ」ジョニーがいわれた通りにすると、サムはその上にもう半分を置き、カードを不器用に切りはじめた。一枚が床に落ちた。

ジョニーがいった。「ああ、そのカードだ」

サムは赤くなった。「そういうトリックじゃないんだ。全部の束にハンカチをかぶせ、おまえの引いたカードが布を通って出てくるっていう寸法なんだよ」

「本をもっとよく読んだほうがいいな」ジョニーは嫌味っぽくいった。

ぶつぶついいながら、サムはポケットから『やさしいカードトリック二十選』を出した。

ジョニーはあくびをした。「おれは寝るぜ。終点まで来たら起こすよう、客車係にいってくれ」

彼は寝台に横になり、すぐに寝入った。

数時間後、目が覚めた。トム・クイゼンベリーが、隣の寝台からささやいている。「ミスター・フレッチャー、何もいわないでください。これを預かってくれませんか？　朝になったら返してください……」彼はジョニーの手に紙片を押しつけ、そっと自分の寝台へ戻っていった。

ジョニーは一分待ってから、向きを変えた。青年はベッドに戻っていた。サム・クラッグの巨体の輪郭が、そのすぐ向こうに見える。ジョニーは反対側を向いた。ああ、古顔はまだ自分のベッドにいる。だったら、この謎めいた行為は何なんだ？　なぜあの青年は夜中におれを起こし、こっそり紙片を渡して、極秘めいたことをする？

そんなことを考えているうち、彼はまた寝てしまった。夢の中で、七番街線の地下鉄に乗っていると、『デイリー・ワーカー』の配達員を装ったスリの少年が手を出してきた。彼はヨシフ・スターリンも叫び出しそうなほど、したたかに少年を殴った……。目を覚ますと、警察官がブリキのコップで鉄格子を叩いて怒鳴っていた。「起床だ、おまえら！　判事は釣りに出かける予定で、おまえたちをさっさと片づけたい所存だ。浮浪者ども、出てきて罰を受けるんだ」

ジョニーは眠っている青年越しに、サムに向かってあくびをしながらいった。「浮浪者どもってのはおれたちのことなのかな、サム？」

サムは起き上がり、伸びをしていった。「うーん！……」

彼は身を乗り出し、青年の体を揺さぶった。「おい、坊や、起きろ。客室係がベッドメイクをしてくれるとよ……」急にサムは叫び声をあげ、屈んで青年の顔を覗き込んだ。やがて、口をぽかんと開け、恐怖に顔を歪ませた。

「何てこった！」

ジョニー・フレッチャーは相棒の顔をひと目見て、青年のベッドに屈み込んだ。ショックが波紋のように彼の全身に広がる。

横向きになった青年の目は生気がなく、飛び出ていた。喉に赤黒い跡がついている。絞殺されているのは明らかだ。

その頃には、警察官も異変に気づいていた。「ど――どうかしたのか？」

ジョニーが振り向いた。「こいつは……死んでる」

「死んでる？　なぜだ……どうして……」警察官は目を見開き、大きな鍵を鍵穴に入れて、扉を開けた。監獄に入ろうとしたが、結局入ることはなかった。そのときに起きたことがあまりにも突然で予想外だったので、常に油断を怠らないジョニー・フレッチャーでさえ、不意を突かれた。

古顔が寝台を下り、扉に突進してきたのだ。手の中にナイフが光り、警官が切りつけられる。警官の表情を見て、苦痛の悲鳴を聞いたジョニーは、浮浪者を追って扉に向かった。

通りへ出るドアを抜けた古顔は、行きがけに手を伸ばし、ジョニーの鼻先でドアを閉めた。ジョニーがドアを開けて通りへ出たときには、古顔は五十フィート先を行っていた。

そのとき不意に、ジョニーは気づいた。この古顔にはひどく妙なところがある。その年格好の男で、こんなふうに走れるやつはいない。直線コースならジョニーに匹敵する速さだ。

ジョニーの背後から、サム・クラッグがかすれた声で叫んだ。「ジョニー！　待ってくれ」

暑い日差しに備えて日よけを下ろそうとしていた村の店主ふたりが、手を止めて目抜き通りを疾走する三人の男を見た。しかし、脇腹を押さえて刑務所から出てきた警官が「やつらを止めてくれ！殺されるところだった」と叫ぶのを聞くと、店に引っ込んだ。

ジョニーの百フィート先で、浮浪者がいきなり角を曲がった。ジョニーが角を曲がったときには、古顔はおんぼろ車に乗り、すでに走り去っていた。

ジョニーはうめき声をあげて足を止めた。遠ざかる車を見送っていたが、そのうちにサムが追いついた。

「このまま行くしかないな、ジョニー」サムが息を切らせながらいった。「あのくそったれの浮浪者は、警官を刺した——それに、あの小僧も殺している」

「わかっている」ジョニーはいった。「しかも、やつの走りを見たか？　六十歳の男があんなふうに走れるはずがない。そういえば……」ポケットに手を突っ込み、ゆうべ青年に押しつけられた紙片を出した。

彼はそれを見て、小さく口笛を吹いた。「質札だ。『困ったときの友、アンクル・ジョー。オハイオ州コロンバス』……どういうことだ？」

サム・クラッグが神経質そうにいった。「この辺をうろついてたら、つかまっちまう。殺人でなくとも、脱獄の罪で……」

「おまえのいう通りだ、サム」ジョニーはいった。「距離を稼がないとな。どうも、あの浮浪者はやすやすとつかまらないような気がするし、ここの連中は、つかまりそうなやつにあの坊やの殺人容疑をかけるに違いない――つまり、サミュエル・クラッグとジョン・フレッチャーに。旅に出るとしよう……」

第五章

ふたりは旅に出た。小さな町の外れまで来ると、野原を突っ切り、森へ向かった。かつての先住民と同じくらいひそやかに歩く——ただし、白人の火酒を好きなだけ飲んだあとの先住民だ。

ふたりとも開拓者の柄ではなかった。大柄なサム・クラッグは、人類としては最高の体調だったが、この苦行に先に文句をいったのは彼だった。「足が死にそうに痛い、ジョニー。ひと休みしないか?」

ジョニー・フレッチャーは一枚壁のようなポプラの林を見た。「まだ二、三マイルしか来ていないぞ、サム。今頃、警察はおれたちを追っているだろう。たぶん猟犬も連れて」

「猟犬だって!」サム・クラッグは目を見開いた。「映画に出てくる、あの耳の長い犬っころか? こんな……こんなクソ田舎で、そんなものを使うと思うか?」

「知るもんか」ジョニーは額にしわを寄せて答えた。「だが、あの町からあと数マイルは離れておいたほうがいい。やつらは道路を封鎖し、山狩りをするだろう。ここミネソタだって、殺人は殺人だ、サム」

「だけど、おれたちはやってない。あの浮浪者がやったんだ。そうに違いない。やつがつかまれば……」

「つかまればな、サム。ちょっと考えてみろ——やつはどんなふうだった?」

「ただの浮浪者だ。年寄りの……」

「年寄り？　あいつが走るのを見ただろう？　年寄りがあんなふうに走れるはずがない」

サムはぎょっとした。「へっ？　見た目ほど年寄りじゃないっていいたいのか？」

「だから、どんなふうだった？」

サムは目をしばたたかせた。「そりゃあ、浮浪者っぽかったよ。五十代から六十代で、汚いなりで、ひげを生やして……」

「つけひげだったとしたら？　それに、あの身なりも扮装だろう。逃走に使った車も……どうして角を曲がったところに車があるのを知っていた？　キーをつけたまま」

「わざと置いておいたっていうのか？　逃げるのを予期して？」

ジョニーはかぶりを振った。「どう考えればいいかわからない、サム。本当にわからないんだ。やつがあの若者を殺した理由は何だ？　それに、警官を刺したのは？」

「あの若いのは殺されたかどうかわからないぜ。確かに死んでいたが、自然死ってことはないか？」

ジョニーはしばらく考えた。それから、質札を取り出した。「彼は夜中におれを起こして、これを渡してきた。怯えていた。とことん怯えていた。そうだな、おれは殺されたと思う。そのあとの、古顔の行動を考えると……」

サム・クラッグは立ち上がった。「あと一マイルは行けそうだ」

「それ以上行くんだ、サミー」

ポプラ林の中をさらに半マイル進むと、小川に突き当たった。サムはひらめいた。「なあ、水の中を歩けば、痕跡が残らなくなるんじゃなかったか？」

ジョニーは苦笑いした。「『仮面の王国』って映画に感化されたんだな。いいとも、やってみよう。だが、靴は脱ぐぜ……」

サム・クラッグもジョニーにならい、ふたりは靴と靴下を手に、川をさかのぼった。ふたりにとって運よく、小川の底は砂利になっていて、さほど苦労せずに渡ることができた。ところどころで大きな石を踏むのが難点だったが。

四分の一マイルほど進んだところで、ジョニー・フレッチャーは猟犬をまくには十分だと判断した。ふたりはハンカチでできるだけ足を拭い、靴下と靴を履いた。サムの靴下は、爪先に穴が開いていた。足浴でさっぱりしたことで、サムは文句をいわなくなった。一マイルの間は。やがて彼は腹のことを考えはじめた。「くそっ、先に朝食を食っていればよかったな」

ジョニーはすでにそのことを考えていた。だが、次に落ち着いてまともな食事にありつくまでには、しばらくかかるだろうという予感がした。空腹のせいで、法の手の中に逆戻りしないかと考える。このあたりの田舎では、住居もひどくまばらだ。投獄されていた町から、少なくとも四マイルは来ているのに、家ひとつ見つからなかった。

丸太に腰を下ろしてしばらく休憩していると、サムが鼻をひくひくさせた。「煙のにおいがする。このあたりに家があるに違いない。施しを受けられるかもしれないぞ」

ジョニーは疑わしいと思った。逃げ出してから少なくとも一時間半は経っている。このあたりでは、知らせが伝わるのにどれくらいかかるだろう?

彼は立ち上がり、南とおぼしき方角を見た。木々は次第にまばらになり、すぐ向こうに空地がありそうだった。

「来いよ、サム」彼はいった。「煙のあるところで火を焚いているか確かめよう」

百フィートほどで空地に出た。二、三エーカーの土地で、その真ん中に壊れそうな丸太小屋が建っている。煙はその煙突から出ていた。

サム・クラッグは深く息を吸い込んだ。「もう何年もこんなことはやっちゃいないが、行ってみるか……」

空地に足を踏み入れた彼は、すぐさま後ろへ飛びのいた。巨大なジャーマンシェパードが小屋から出てきて、猛烈に吠え出したのだ。オーバーオールを着た男が戸口に現れた。

「そいつをつかまえろ！」男は命じた。

犬はすぐさまいう通りにした。林に突進してくる犬に、ジョニーは心臓が口から飛び出そうになった。サムは跳び上がり、張り出していた木の枝をつかんだが、強度を見誤った。体重に耐えかねて枝は折れ、彼は地面に叩きつけられた。

ジョニーが屈んで、サムの手から枝を引ったくった。それを振り回し、間一髪で襲いかかる犬の顔面に突き刺した。

「とっとと家へ帰りやがれ――」彼は怒鳴った。

犬は鳴き声をあげ、数フィート退却してから歯をむき出し、激しく吠え立てようとした。サム・クラッグはよろよろと立ち上がり、一フィートほどの腐りかけた木の枝を見つけて犬に投げつけたが、犬は機敏にそれをかわした。

空地では農夫が叫んでいた。「誰だ？　ここで何している？」

「犬を呼び戻せ！」ジョニーが答えていった。「怪我をしないうちにな！」

小声で悪態をつきながら、サム・クラッグは木の枝を折り、自分用の太い棍棒にした。「人間の一番の友達だぞ」彼はぶつぶついった。

家を出た農夫は、散弾銃を手にしていた。「ここから出ていけ、きさまら！……」彼は叫んだ。ジョニーはうめいた。突然、木の枝を持って犬に突進したが、くるりと向きを変えてやぶに向かった。サムもどたばたとそれを追い、ときおり振り返って、ついてくる犬を牽制した。しつこい犬で、飼い主が追跡をあきらめてからもずっと追いかけてきた。実際には一マイル近くも。

「これで食べ物の問題には決着がついたな」ようやく犬をまいてから、ジョニーはいった。「ここらあたりの農家には犬っころがつきものだ。それに――おれたちは、まだ姿を現さないほうがよさそうだ」

「だけど、食べないわけにはいかないだろう！」サムが抗議した。

「どうして？　人間は食べなくたって何日も生きてられる。ベルトを締めて、あと何マイルか稼ぐんだ。たぶん明日には……」

サム・クラッグはぶつぶついった。

暑い日で、ふたりは汗だくになって森に分け入り、砂利道を急いで横切り、空地や家を避けて進んだ。ジョニーは太陽を見ながら、多少なりとも着実に南へ向かった。文明はその方向にあると彼は判断していた。ジョニーは文明を求めていた――大いに。都会人である彼には、都会にどっぷり浸ることが必要だったのだ。

太陽がほぼ真上まで来たとき、サム・クラッグがこれ以上歩けないといい、大きなヒマラヤスギの下の地面にばったり倒れた。

ジョニーはサムの隣に座り、木にもたれた。地面は魅力的だったが、ここに寝そべったら二度と起きられないような気がした。

彼はいった。「カードのいかさまをやってみちゃどうだ、サム?」

サムは手をポケットに伸ばしかけたが、脇に下ろした。「いいや」彼はうめくようにいった。「今はいい」

ジョニーは皮肉そうに笑い、相棒を見下ろした。大男の足は、巨大な体に似つかわしくなかった。サムはどんな仕打ちにも耐えられたが、歩くことだけは別だった。まあ、ジョニーも歩くのは好きではなかったが。

彼はミネソタ州に足を踏み入れてからずっとまとわりついてくる不運に思いを馳せた。もう六週間だ。ミネソタ・ステート・フェアは毎日雨に降られた。そんな一週間でも、ホテル代やもろもろの費用を支払っても無一文とはいえなかった。その頃、サムは南へ移動しようとしていたが、ジョニーは北のほうを見たいといった。アイアンレンジと呼ばれる一帯を。

そこで破滅が訪れた。総仕上げに、浮浪罪でちっぽけな町のブタ箱に入れられた。

そして、今度は殺人ときた。

もちろん、彼とサムは無実だ。しかし、刑務所に入れられていたのでは証明できない。逃げなくてはならなかった。問題は、逃げおおせることができるかだ。

ジョニーにはわからなかった。だが、最善を尽くすのみだ。

彼はサムにいった。「起きろ、でかぶつ。出発するんだ」

サムは広い背中を地面につけて仰向けになり、悲痛な目でジョニーを見た。「行ってくれ、ジョニー。おれはここでお巡りを待つよ」

ジョニーは面白くなさそうに笑った。やがて、急に横を向き、警戒するように目を光らせた。「静かにしろ、サム」彼は低い声でいった。「誰か来る……」

サムはすぐに身を起こした。「聞こえるぞ……馬車みたいな音だ」

「馬車か！　なあ……警察は馬車を使わない。ミネソタのこんなところでもな。ちょっと見てみたほうがよさそうだ……」

車輪がガタガタいう音と、馬のひづめの音で、道がどのあたりにあるかがわかった。四つん這いになって、ジョニーはそっちへ急いだ。

道は五十フィートと離れていないところにあった。原始林を切り開いた曲がりくねった小道は、まさしくけもの道だった。

第六章

馬車はのんびりと近づいてきた。馬一頭が引いている。馬車に乗っているのはひとりで、二十代前半の朴訥そうな若者だった。思わず、ジョニーは道に出ていた。

若者は彼を見て、馬を止めた。「やあ、こんちは」彼は明るくいった。「この辺の人?」

ジョニーはうなずいた。「ここを少し行ったところさ。乗せてくれないか?」

「いいとも。乗んなよ」若者は親切にも、馬車の木のシートの端に寄った。ジョニーは唇を歪めて笑った。「弟が一緒なんだ。そいつもいいかな?」返事を待たずに、振り返って呼びかける。「おーい、サム! 家まで乗せてってくれるとさ。早く来い」

サム・クラッグは用心深く森から出てきた。馬車の男はお辞儀をしていった。「やあ、ご近所さん!」

馬車に乗り込みながら、ジョニーが後ろを見ると、ぴかぴかのアルミ鍋がいっぱいに積んであった。

彼は大声でいった。「行商人なのか?」

若者はくすくす笑った。「訪問セールスマンさ。行商人って言葉は好きじゃない——今時、そんないい方はしないよ」彼は馬の尻に鞭を当てて「進め!」といってから、後ろに手を伸ばしてアルミのやかんをひとつ出した。

「なかなかいいだろ?」

ジョニーはそれを手に持った。「ああ、すごくいいね。これは何だ?」

「何だと思う?」

きっと答えは間違っていると思ったジョニーは、ただ首を振った。だがサムは、推測を口にし、セールスマンは涙が出るほど爆笑した。

話ができるようになると、彼は唾を飛ばしながらいった。「そんなふうに見えるけど、そうじゃないんだ。こいつは——チキン用の揚げ鍋だよ。それと——それと——ああ、くそっ。後ろの箱に手を伸ばして、瓶を一本出してくれないか——いや、それぞれの箱から一本ずつ、二本出してくれ」

ジョニーはそれを出し、ラベルを見た。大きなほうの瓶には〈四つ星レモンエキス〉と書かれている。小さいほうの瓶は〈四つ星バニラエキス〉だ。

「ああ」彼はいった。「昔ながらのレモンエキスか。もう何年も見てなかったな」

セールスマンはかぶりを振った。「その通りだよ。このお馬《んま》もすっかり歳を取った。みんなあか抜けちまった。それでおれは、砂利道をえっこら歩いてるのさ。みんな、舗装道路を車で走るのが好きだけど、おれにはこの相棒がいるし、こいつは舗装道路より砂利道のほうが好きなんでね。おれもさ。コンクリートの上を走るのと比べたら、そんなに家は回れないけど、長い目で見たら同じだと思うよ」

「何を売ってるんだい?」元気を取り戻したサム・クラッグが訊いた。

「今、その話をしようとしていたところだよ、だんな」セールスマンがいった。「レモンエキスの瓶を見ただろう? 味わったことのない最高のレモンエキスが、たっぷり十六オンス入ってる。店で買ったらいくらになると思う？　一ドル？　それでも安い。だが、いいかい？　おれが売るなら九十九セント、しかも一本お買い上げごとに——純粋に宣伝目的で——無料で、いいかい、まったく無料で、本物の輸入国産バニラエキスの八オンス瓶をおつけする。なあ、だんな、お買い得だと思わないかい？」

「そうか？」ジョニーがいった。「じゃあ、あのアルミのやかんは何なんだ？　それがどこに出てくる？」

セールスマンは出鼻をくじかれたような顔をした。「今から出てくるところだよ。このエキスが本当にお買い得だってわかってもらった上で、目玉商品でびっくりさせてやろうという考えさ。この汚れのつかない、錆びない、壊れない、へたらないアルミのチキン揚げ鍋に、四つ星エキス・カンパニーの商品が無料でついてくるわけさ。そうなんだよ、だんな、十六オンスのレモンエキス、八オンスのバニラエキス、そしてこの美しくて素晴らしいチキン揚げ鍋が、全部でたったの九十九セント……。考えてみてくれ、だんな、わずか九十九セントにこれほどの価値があるってことを……」

「考えてるよ」ジョニーはいった。

「じゃあ、決まりだね？　買ってくれるかい？」

ジョニーは肩をすくめた。「家に着いたら……たぶんな。わかるだろ、家の切り盛りをしてるのは、ばあちゃんなんだ。だけど、口添えしてやってもいい。だろ、サム？」

サムは顔をしかめた。「ああ、もちろん。家に着いたらな」

「そりゃ嬉しいな」訪問セールスマンはいった。「送ってくよ。どれくらい先なんだ？」

「ああ、すぐ近くさ」ジョニーが答えた。

「一マイル、それとも二マイル？」

「それよりはちょっと遠い。着いたら知らせるよ」

訪問セールスマンは眉をひそめた。「あのさ、急いでるかい？ というのは、急いでないなら、あそこの農家に寄りたいんだ。戻ってくる手間が省けるんで」

「いいとも」ジョニーは気楽にいった。「おれたちがいるからって、商売のチャンスを逃すことはない。そこで止まろう……」

サムは必死の形相でにらみつけたが、ジョニーが目で警告した。

行く手にある家は丸太小屋で、隙間には泥が詰めてあった。ジョニーは、家から道路に電話線が伸びていないのを見てほっとした。それでも、行商人が馬車を降りたときには、彼も一緒になって降りた。男が家の女に何か吹き込み、それがよそへ伝わらないようにしなくてはならない。

農家の入口へ向かう行商人のあとを、彼はぶらぶらとついていった。

二人が近づくと、しおれたような、疲れた顔の女が家を出てきた。行商人はすぐさま口上を述べはじめた。

「こんにちは、奥様。わたしはクラレンス・ハケットと申しまして、四つ星エキス・カンパニーからやってきました。もちろん、わが社の名前はご存じですよね。最高の輸入国産調理器と香りづけエキスの製造会社です。各地の主婦の皆様にご愛用いただいております。こちらでございますよ、奥様……」彼はぺらぺらと口上を続けた。馬車の上でジョニーとサムにいったのとほとんど同じだ。口上が終わると、女の目はぴかぴかのアルミのチキン揚げ鍋に釘づけになったが、彼女は首を横に振った。

「悪いけど、お金がないの」

「でも、奥様」クラレンス・ハケットは食い下がった。「たったの九十九セントですよ。それくらいはお持ちでしょう……」

「いいえ、ないわ」女は残念そうにいった。「このあたりの家は貧乏なのよ。揚げ鍋はほしいけれど、買えないの。今日は無理」

クラレンス・ハケットは顔をしかめそうになったが、ジョニー・フレッチャーが流暢にいった。

「奥さん、ここには鶏がいますね。レグホーン種もいる。きっとたくさん卵を産むんでしょう」

「ええ、産むわよ」農家の女がいった。「でも、卵は値下がりしてるの。一ダース十八セントにしかならないわ」

「そいつは安いですね。まあ、冬が終わる前にはずっと高くなりますよ。そこで、こうしましょう、奥さん。このチキン揚げ鍋と、おまけのエキスがほしければ、取り引きしませんか？　ええと……卵六ダースで、だいたい一ドルだ。できるだけ厳密に計算してね。卵六ダースをくれたら、こいつを差し上げるっていうのはどうです……」

クラレンス・ハケットが何やらまくしたてようとしたが、ジョニーは口の端でいった。「あとでちゃんとしてやるよ」セールスマンは口を閉じた。

農家の女はこの取り引きに食いつき、数分もしないうちに、ジョニーとクラレンス・ハケットは籠いっぱいの卵を馬車に積み、自分たちも乗り込んだ。

「いいだろう、だんな」ハケットがいった。「これはあんたたちの卵だ。代金をいただくよ……」

ジョニーはうなずいた。「上等だ。すぐに家に着く……。裏道にゃ、金のない連中がたくさんいただろう？」

ハケットは顔をしかめた。「それがこの商売の厄介なところなんだ。買いたいやつには金がない。少なくとも、そう言い訳する。金の代わりに、卵や鶏と交換なら、五人のうち三人には売れるはずなんだけど……」

「だったら、そうしたらどうだ?」

ハケットは目をしばたたいた。「は? 何でだよ。そんなものをどうすりゃいい?」

「売るんだよ。四つ辻にある小さな町には、どこでも農産物を売る店がある。卵のケースと鶏の籠を買うんだ。ちょっとした特別出費だと思ってな。金儲けがしたいんだろ? 卵が六ダースあれば、どの販売店でも一ドル八セントで買ってくれるさ。現金で売ってたら、九十九セントしか入らなかったところだぞ」

ハケットはジョニーをじっと見た。「でも、鶏は? 六ダースの卵がなかったときの鶏はどうするんだ? どうやって儲けたらいい?」

「市場価格を提示して、はかりを持ち歩くんだ。その鶏が六十セントなら、二羽手に入る。その値段なら、同じ額で引き取ってもらえるだろう。まあ、やってみろよ……」

「やらない手はないだろう! だって――十軒回ってひとつ売れたら御の字なんだから。卵と鶏が手に入れば、大儲けだ。ああ、これからは農産物を売るぞ――だけど、何が違うんだろう?」

「じゃあ、この卵を引き取るんだな?」

「ああ、もちろんさ。あんたにも――つまり、あんたのおばあさんにも、同じ条件で売るよ。もうすぐ着くんだろう。あんたの家にさ」

「まだだ」ジョニーは顔をしかめていった。「まだまだ先なんだ。実は――今日じゅうには着かないかもしれない」

「はあ？　どこに住んでるんだい――ミネアポリスか？」

「もっと先だ」

「ニューヨークさ」サム・クラッグがつっけんどんにいった。

行商人は口笛を吹いた。「だったら、こんなところで何してるんだ？　それに――」彼の額にしわが寄った。「――何でまた、近くに住んでるなんていったんだ？」

「ヒッチハイクをしていたのさ」ジョニーがいった。「乗せてくれるやつに、すぐ近くだというのが習わしなんだ。わかるだろう、おれたちもあんたの同業者なんだ。セールスマンなんだよ」

「さっきのご婦人の扱いを見たら、それも納得だよ。で、何を売ってるんだい？」

「本だ。体の鍛錬のね。強い男を売り込んでるのさ。ここにいるサムはヤング・サムスンだ。こいつがベルトや鎖を胸で引きちぎり、おれがヤング・サムスンと同じくらい強くなれる方法を書いた本を、騙されやすい連中に売るのさ」

「で、その道具一式は？」

「それが」とジョニー。「こうしてヒッチハイクをしている理由なんだ。道具は持っていない。立て続けに運の悪い目に遭ってね。車はぼろぼろになっちまうし、在庫はないし――金もない。ヒッチハイクでニューヨークまで戻って、新たに在庫を仕入れなくちゃならない」

「この馬車じゃたどり着けないよ」ハケットがきっぱりといった。「コンクリートの道路へ行ったほうが、ずっといいタイムが出る……」

「それはどこなんだ？　実をいうと、道に迷っちまったんだ」

「教えてやるよ」ハケットは座席の下に手を伸ばし、ガソリンスタンドで配っているような道路地図を出した。「今どこにいるかというと……このあたりだ。ムース・レイクというのが次の町さ。町ってほどのものでもないけどね。だけど、六十号線まではほんの八マイルだ。ダルースとミネアポリスを結ぶ本線だ。そこへ行くといい」

ジョニーは地図を指さした。ブルックランズと書いてある。「ここからどれくらいある？」

「ブルックランズかい？　うーん、二十六マイルくらいかな。ここからなら、南の最短距離を行くより、北のヒビング・ロードへ行ったほうがいい。舗装してあるからね。まあ、多少距離が長くなるが、舗装道路のほうが楽だよ」

サム・クラッグはポケットからハンカチを出した。それを振って広げ、左腕にかける。それから、カードの束を取り出した。

「いいかい、ミスター」彼はいった。「手品を見せてやろう……。一枚引いてくれ」

「はっ！」クラレンス・ハケットが叫んだ。「古いハンカチの手品かい？　そら……どんなからくりか教えてやるよ」

サムはカードをポケットに戻した。「気にしないでくれ」彼は不機嫌にいった。

第七章

「ニューヨークのナンバープレートだ」ジョニー・フレッチャーは、道端の草むらを出ながらいった。

「ちょっと前に、北へ行ったのと同じ車だぞ」

「この車には女が乗ってる」サム・クラッグがいった。

「さっきのもそうだった。たったひとりでね。しかも、なかなか悪くない……。ほら、Uターンしてくる」

サムは林の中に戻ったが、ジョニーは道にとどまっていた。「様子を見てみよう」彼はサムに呼びかけた。

車はオリーブグリーンのクーペだった。ジョニーのほうへ猛スピードで近づきながら、運転手は空気を切り裂くようなクラクションの音を響かせ、ブレーキを踏んだ。ジョニーは路肩に乗り、ブレーキ音を立てて通り過ぎたクーペは、素早くターンした。

車はスリップしながら彼の背後で停まった。「乗る、ミスター?」クーペの若い女がいった。

ジョニーはサム・クラッグを指してほほえんだ。「ふたりなんだが」

「いいわよ」彼女はいった。「怖くはないわ」

ジョニーは肩をすくめた。「いいだろう、お嬢さん。おれたちも怖くない。来いよ、サム……」

彼はドアを開け、女の隣に滑り込んだ。サム・クラッグが用心深くあとに続いた。クーペは狭かったが、彼女が気にしないなら、ジョニーも気にするはずがない。とても若くて、十九か二十歳といったところだ。ブロンドの、ぴちぴちした美人だった。

彼女はギアをセカンドに入れ、スピードを上げて、クーペを南に走らせた。「この道には、車はほとんど通らないの」彼女はいった。「あなたたちを追い越したあとで、次の町まではずいぶんあると思って」

「おれたちが行こうとしてるのは、それよりずっと遠くなんだ」

「どれくらい遠くなの？　ミネアポリス？」

「ニューヨークだ」

「あら、わたし、ニューヨークから来たのよ！」

「ナンバープレートを見たよ。ええと……今、そこへ向かうところだった？」

「ちょっと違うの。わたし――用事があって……つまり、行楽地を訪ねるところなのよ。ブルックランズの近くの」

ジョニーは、密着したサムの体が震えるのを感じた。しばらく間を置き、それからいう。「ブルックランズは、元来たほうじゃないか？」

彼女の顔が、ほんの一瞬ジョニーのほうを向いた。表情が曇っているのがわかる。「どうして」彼女はためらいがちにいった。「あなた……知ってるの？」

彼はかぶりを振った。「いいや。行ったことはないが」彼はすぐさまつけ加えた。「おれも行ってみたいな」

ハンドルがわずかに振れた。

ジョニーは穏やかにいった。「おれたちを降ろしたほうがいい。こんなことをするには、あんたは若すぎる」

「どういうこと？」

「ニューヨークのナンバープレート。それに、おれたちのそばを通り過ぎて北へ行き、戻ってきて、また通り過ぎて戻ってきた。おれたちを……乗せるためだろう？」

「ジョニー」サムが警戒したように叫んだ。

ジョニーは肘でつついて黙らせた。「あんたは、あの坊やの……恋人なんだろう？」

彼女ははっとした。「じゃあ、あなたなのね！　わかってた。ぴんときたのよ。最初に通りかかったとき、あなたが林に飛び込んだのを見て。トムと一緒にいたのは、あなたたちね……」

「あのとき、刑務所で一緒だった。それで……あんたはおれたちが殺した――やったと思ったのか？」

ハンドルが大きく振れ、アクセルを踏んでいた足がゆるんだ。ジョニーはすぐに続けた。「おれたちはやってない。だが、もしやっていたとしたら、おれたちを……乗せないほうがいい。もう少しで――」

「誰がやったの？」彼女は激高して叫んだ。「あなたたちふたりがやっていないなら、誰がやったの？」

「刑務所にはもうひとり男がいた。浮浪者だ……」

「浮浪者？　ただの……浮浪者？　確かなの？」

ジョニーは肩をすくめた。「あのときはそう思った。わかるだろう、おれたちがぶち込まれたときには、坊やと浮浪者はすでに入っていた。浮浪者には特に注意しなかった。見たまんまだったからね。年季の入った放浪者ってやつさ」彼は鼻にしわを寄せた。「だが坊やのほうは——あんな場所には慣れていないのがわかった。すごく仲よくなったよ。警察が家族に連絡を取ったといってたな」

「二日前のことよ。今朝、ブルックランズに着いたの……あなたたちの……あなたたちが逃げてから一時間後に」

「冒険の一日だったよ」ジョニーは悲しげにいった。「ええと……あっちでは何といってた？　おれとサムがやったって？」

彼女はうなずいた。「三人でね」

「三人？　ふうん。おれたちが仲間だと思っているのか。それで……坊やは？」

彼女は唇を一瞬震わせたが、やがて震えを止めた。「窒息死だったわ……」

ジョニーは上着のポケットに手を入れ、トム・クイゼンベリーに渡された質札に触れた。だが、ポケットからは出さなかった。

彼はいった。「家族はどうしてる？」

「父親がブルックランズに向かっているわ。列車だから、今頃は着いているでしょう。わたしは車だから。ニューヨークからだと、ノンストップで三十時間かかったわ」

ジョニーはぶつぶついった。「おふくろさんは？」

「義理の母親なの。彼女は——そう、トムが家出したのは、主にあの人のせいなのよ。でも、トムにはおじいさんがいるの。サイモン・クイゼンベリー。トムのことをとても大事にしているわ」

「サイモン・クイゼンベリー？　時計で大儲けした？」

「ええ。クイゼンベリー時計社の持ち主よ。それに……アンティークの時計を蒐集もしている。かなりの高齢で——病気なの。実をいえば、あと数日の命と思われるわ」

彼らは小さな町に近づいていた。実際には村だった。建物は四、五十軒ほどしかなかったからだ。女がゆっくりと村を抜け、ジョニーはガソリンスタンドでバイクのそばに立っている州警察官を見た。彼は眉をひそめて、バックミラーを覗き込んだ。警察官がコンクリートの道にバイクを出そうとしている。彼は女にいった。

「アクセルを踏み込め。お巡りが来る」

サムがうめいた。「行くぞ！」

女がアクセルを踏み、ふたりはレザーのシートに叩きつけられた。ジョニーは速度計の針が時速四十五マイルから五十五マイル、さらに六十マイル以上へと跳ね上がるのを見た。

「ついてくるぞ」彼はいった。「この先のカーブを曲がったら減速してくれ。おれたちは飛び降りる」

「無理よ！……」女は必死で叫んだ。

「やるんだ」ジョニーが険しい声でいった。「連れ戻されるわけにはいかないんだ。減速しろ！」

車はカーブを急に曲がり、彼女が踏んだブレーキがきしむ音を立てた。車が完全に停まる前に、サムがドアを開けた。

ジョニーがサムにぶつかった。「坊やから預かっているものがある！」彼はいった。「オハイオ州コロンバスで会おう……」

サムは路肩に飛び降りたが、足を踏み外し、側溝に落ちた。ジョニーも飛び降り、手近なやぶの端めがけて大急ぎで走った。遠くから、ダッダッダッダッというバイクのエンジン音がした。

女はギアを入れ、猛スピードで去っていった。

「頭を低くしろ、サム！」ジョニーは叫んだ。

ふたりが隠れたとき、バイクが角を曲がってきた。

それから、バイクはまた走り出した。バイクが女に追いつけば、女は警察官にふたりのヒッチハイカーを乗せたが、もう降ろしたと話すだろう。警官は戻ってきてしばらく探し、それから村へ戻って警告を発するに違いない。

しばらくしたら、この辺の山狩りが行われる。

ジョニーは時間を計算し、捜索が本格的に行われるまで一時間半はあるだろうと踏んだ。コンクリート舗装の本道から半マイルほど引っ込んだところを並行して走る、砂利を敷いた側道に着くと、ふたりは早足になった。そのせいでサム・クラッグは息を切らせ、四分の一マイルも進まないうちにぶつぶついいはじめた。やがて、ジョニーの粘り強さが報われた。古くておんぼろの、一九二八年製のクラシックカーが、今にも倒れそうな木造の家の前に停まっていた。

ジョニーは大胆にもそれに近づき、乗り込んでエンジンをかけた。バックでサムの待つ道路に出ようとしたとき、男が家から駆け出してきた。手を振り、叫んでいる。断固として歯を食いしばり、ジョニーは車を道に出した。

「乗れ、サム！」彼は命令した。

サムは文句をいいながら乗り込んだ。「今度は車泥棒か！」

「殺人容疑よりはいいだろう、サム！」

彼は砂利道を時速三十二マイルというめちゃくちゃなスピードで走った。二マイル先で右折し、三マイル走り、また右に曲がる。

「おい、北に戻ってるぞ！」サムが叫んだ。

「わかってる。みんな、おれたちがそっちへ行くとは思わないだろう。ガソリンさえもってくれれば……。くそっ、空だ」

彼は車を止め、タンクを調べた。二、三ガロンは入っている。燃料計が壊れていて検知されなかったのだ。

安心したジョニーは、再び車を走らせた。数マイル進んでからまた停め、レモンエキス商人のクラレンス・ハケットにもらった道路地図を見る。現在位置を見つけ、真東に方向を変えた。

二十分後、まだ砂利敷きの側道を走っているうちに、彼はいった。「さて、ウィスコンシン州まで来たぞ。ここの警察は、おれたちのことでそう血眼にはならないだろう。やつらの州では何もしていないんだからな」

盗難車で州境を越えたことで連邦法規に違反したことを、ジョニーは知らなかった。知らなくてよかったかもしれない。数分後、おんぼろ車が咳き込むような音を立て、プスプスいい、ご臨終となった。ガソリンが切れたのだ。

ふたりは道の脇に車を押して運んだ。「さあ、また出発だ」ジョニーがいった。

「もうすぐ暗くなる」サムが思わせぶりにいった。

「だから？　できるだけ正確にわかる範囲では、おれたちはウィスコンシン州スプーナーから十マイルないし十五マイル離れたところにいるはずだ」

「聞いたことのない町だな」

「おまえはものを知らないんだ、サム。ウィスコンシン州スプーナーには、鉄道の分岐点がある。貨物列車は全部そこで停まるんだ。いってる意味がわかるよな?」

「じゃあ、今度はただ乗りってわけか」サムは嫌そうにいった。

「しなくてもいいんだぜ。歩いてもいい。たぶん、ニューヨークまで千四百五十マイルはないだろう」

「ただ乗りするよ。だけど、食い物はどうする?」

「明日だ、相棒。今夜は移動だ」

第八章

ミネアポリスのヘネピンとニコレットの間を走るフォースアヴェニューは、セントルイスのマーケットストリートやシカゴのウェストマディソン、ニューヨークのバワリーにそっくりだった。ホームレスや浮浪者が、何百何千とここに集まってくる。彼らは職業紹介所が出す看板に群がり、縁石に座って日光浴をしながら、恐らく失った歳月のことを考えている。

こうした通りを見るたび、ジョニー・フレッチャーは気落ちする。以前は彼もその仲間だったし、彼らはぞっとするような例としていつまでも存在する。ジョニーはサム・クラッグを連れてヘネピンへ戻り、アップタウンへ向かった。

ヘネピン劇場の張り出し屋根の下を通りかかったとき、男が進み出てふたりを手招きした。「おまえたち」彼は鋭くいった。「仕事がほしいか?」

「おやおや!」ジョニーが叫んだ。「仕事がほしいかって? ほしいとも、ミスター。どんな仕事だ?」

「どんな仕事かなんて、おまえらに関係があるか? 夜の九時まで働けば二ドルもらえるんだぞ」

「今から夜の九時で、二ドルだって?」サムが反論した。

男はたじろいだ。「オーケー、おまえさんたちがそういうなら……やりたいやつはほかに大勢いる……」

「引き受けた！」ジョニーが慌てていった。「連れてってくれ」

男はふたりを薄暗い劇場に連れていった。案内係が朝の教練をしている。長いトンネルを抜け、短い階段を上がると楽屋だった。案内した男がドアを指した。「制服が中にある。五分で支度しろ」

「制服？」ジョニー・フレッチャーは鼻の穴を膨らませた。ドアを開け、後ずさりする。

部屋の中には、巨大なピノキオが三人いた。生きているピノキオだ。巨大な靴に、短いウールのソックスを履き、半ズボンから生の膝を出して、真っ黄色のシャツにサスペンダーを着けている。張り子のお面が、ありがたいことに顔を隠し、その上に皿のような小さな帽子が載っている。

「これはない！」ジョニーが小声でいった。

ピノキオのひとりが横目で彼らを見た。「あんたたちも騙された口か？　そいつが衣装だよ」

「おれは嫌だ」サム・クラッグがうめくようにいった。「こんな格好で人前には出られない」

「おれたちだってそうさ」別のピノキオがいった。「だが、二ドルは二ドルだ。それに、公共事業促進局は、さらに五千人を送り込んできたばかりだぞ」

ジョニーはよろよろと部屋に入り、椅子から制服をつまみ上げた。サム・クラッグを見て、身震いする。「どれくらい腹が減ってる、サム？」

「腹ぺこだよ」サムはうめいた。上着を脱ぎはじめる。

着替えを終えたところへ、サイモン・レグリー（『アンクル・トムの小屋』に出てくる冷酷無比な奴隷商人）こと劇場支配人が、ドアをノックした。「出てくるんだ、ピノキオども、遅刻だぞ」

死刑囚さながらに、五人のピノキオがぞろぞろ楽屋を出てきた。支配人のあとに続いて劇場ロビーへ行き、指示を受ける。

「今週は、ウォルト・ディズニーの『ピノキオ』が上映される、わかるだろう」彼はいった。「これは人目を集める宣伝活動だ。主に肝に銘じておかなければならないのは、ピノキオらしくしろということだ。ピノキオはやんちゃな子供だ。飛んだり、跳ねたり、スキップしたり。一瞬だってじっとしていない。わかったか？　おまえたちの代わりに、人形を使ってもよかったんだ……。日給二ドルは、動き回ってもらうためだ。それと、いいか、ちゃんと見ているからな。さあ、外へ出てしっかり働け。十分な人数を劇場に呼び込んでくれたら、明日も雇ってやるからな。さっさと行け！……」

ようやくピノキオたちが歩道に出たときには、チケット売り場の前にはすでに短い列ができていた。ピノキオの姿を見ると、通りすがりの人々が足を止めた。

「ねえ、見て！」子供が付き添いの大人にいった。「かわいいね！」

ジョニー・フレッチャーの体から冷汗が噴き出した。幅広の顔のスウェーデン人だ。がっしりした体格のピノキオが、横目で見る。

「くそっ、腹が減ると、人ってのは何でもやるもんだな」

劇場支配人が出てきて、ピノキオたちに合図した。彼らはすり足で近づいた。「馬鹿みたいに、そこらに突っ立ってるだけじゃないか」彼はきつい口調でいった。「気合を入れないと、全員この場でくびにするぞ……給料がほしけりゃ告訴するんだな。さあ、続けろ！」

彼らは歩道に戻った。軽くジグを踊り、足を踏み鳴らし、体を上下させた。馬飛びをした。すると、何百人もの人々が足を止め、歩道をふさぎ、通交を妨げた。

警察官が笛を吹いたが、交通渋滞は解消しなかった。しばらくして緊急要員が駆けつけ、群衆に隊列を作らせた。劇場支配人はチケット売り場の横に立ち、客たちがぽんぽん金を出してチケットを買うのを、意地汚い顔一面に笑みを浮かべて見守っていた。

ピノキオたちは「薔薇の花輪」や「ロンドン橋落ちた」といったお遊戯をやって、動きつづけた。くたくたになるまで演じ、やがて鉛のようになった足を引きずるようになると、支配人が出てきてまた発破をかける。二時間ほどして、支配人はようやく、ひとり十五分ずつ休憩を取らせることにした。ジョニーの番になると、彼はふらふらと楽屋に入った。部屋には長椅子ひとつなく、彼は床に伸びた。くたびれすぎてお面を取る気にもならない。十分ほど床に寝そべったあと、背中のくぼみに新聞紙が当たっているのに気づいた。寝返りを打ち、それを取り出す。見出しに目を留めた彼は、お面を取ってドアを開けた。

一面のほとんどが、ブルックランズの事件に割かれていた。新聞によれば、二十歳のトム・クイゼンベリーは、ブルックランズ刑務所で三人の浮浪者に絞殺された。浮浪者はそれぞれ、ジョン・ドウ(名無しの権兵衛)、ジョン・スミス、ジョン・ジョーンズと名乗っている。ジョン・ドゥは、ブルックランズの警察官オラ・フィッチによれば、ひどく年を取った、頭の弱そうな季節労働者だという。ジョン・スミスとジョン・ジョーンズは若く、凶暴な性格だ。彼らは警察官のフィッチを襲い、うちひとりが彼を刺して、重症ではないまでも痛々しい傷を負わせている。

広範囲の捜査網により、無法者の行方を追っている最中で、州警察はまもなく逮捕されると予想している。

別の記事には、ダイアナ・ラスクのことが書かれていた。トム・クイゼンベリーの元婚約者は、前夜にスミスとジョーンズの特徴に一致するふたりの男と一緒にいるのを見られ、ムース・レイク付近で逮捕されていた。肝を冷やすような追跡のあとで、無法者は逃走したが、ダイアナ・ラスクは、乗っていた男たちはただのヒッチハイカーだと主張した。しかし、ちょうどニューヨーク市ヒルクレストから到着したばかりの、殺された若者の父親エリック・クイゼンベリーが仲裁に入るまで、警察は彼女の身柄を拘束した。

記事はまだ続いた。クイゼンベリーは息子の遺体を葬儀のためにニューヨークへ戻す予定だが、その前にジョン・スミスとジョン・ジョーンズを逮捕した者に千ドルの賞金を与えると発表したという。

「その賞金をもらいたい気持ちだよ」ジョニーはひとりごちた。「自分にこれほどの値段がつくことは、二度とないだろうからな」

「おい、ピノキオ!」楽屋の外から男が怒鳴った。「時間を過ぎてるぞ」かんかんになったピノキオがドアを蹴り開け、ジョニーはぶつぶついいながら床から立ち上がった。

一日はのろのろと過ぎた。五人のピノキオは陽気にはしゃぎ、人々は彼らを見つめ、口々に感想をいってはチケットを買った。午後の半ばには、劇場に入ろうとする列は半ブロックの長さになったが、ピノキオたちはほっとする暇もなかった。一度にひとりずつ、三十分の昼休みを許されたが、支配人は給料の前払いを頑として拒んだため、ジョニーとサムは昼食の代わりに昼寝で我慢しなくてはならなかった。

長い時間が経って、ようやく夜になり、九時になった。定時きっかりに、五人のピノキオは劇場の楽屋へ向かった。ジョニーとサムが衣装を脱ぎ、自分たちの服に着替えたとき、ようやく支配人が給料を持ってきた。

「明日も働いてほしいかい?」ジョニーが訊いた。

支配人はもじもじした。「ええと、それが、その必要はなさそうだ。たぶん……週末なら」

「しっかり働けば、明日も雇うといったじゃないか」別のピノキオが文句をいった。

「わかってるよ。だが、今日の混雑を見たら、明日には入りきれなくなってしまうだろう」

「そういうことなら」サム・クラッグがいった。「ああ、そういうことなら……」彼は大きな手で支配人の顔をつかみ、背中が壁につくまで押しやった。相手が跳ね返ってくる頃には、サムとジョニーはドアまで来ていた。

「食い物だ！」ジョニーが叫んだ。

「うまくて分厚いステーキだ……」

第九章

一ドル三十セントで、ミネアポリスからコロンバスまで。ミネアポリスからシカゴへは、有蓋車と無蓋車、無施錠の貨物列車を乗り継いで二日かかった。パン一斤とボローニャ・ソーセージ二十セント分。

サウスシカゴで、五十セント払ってたっぷりの食事をしたあと、ハイウェイでインディアナポリスへ。貨物トラックで一日、食事代二十セント。ハイウェイ四十号線からコロンバスへ。一日とパン一斤。

コロンバスでは、初めて警官が彼らの様子をうかがい、顔をしかめて近づいてきた。

ふたりは身を屈めて道を渡り、角を曲がって走り出した。警察官をまいてから、ジョニーがいった。

「所持金は七十セントで、食べ物も口にしていないかもしれない。だが、身ぎれいにしておかなくちゃならない。サム、おまえはまるで、ハウス・オブ・デーヴィッド野球チーム（ミシガン州のキリスト教の宗派で、全米各地で興行野球を行った。選手は長髪とひげが特徴）の入団候補者みたいに見えるぞ」

サム・クラッグは一週間伸ばしっぱなしのあごひげに手をやった。「おまえだって、さほど二枚目には見えないぜ、ジョニー。ひげ剃りじゃなく散髪料を取られちまう……。ミネソタで、田舎のお巡りに剃刀を預けるんじゃなかったな」

「そもそも、そいつと出会うべきじゃなかった」ジョニーはいった。「だが、こうして今、ここにいるわけだ。ひげを剃ろう」

「どこで?」

ジョニーは左を見た。州議事堂が見える。それから右を見た。「このあたりに、理容学校があるはずだ」

サムはたじろいだ。「理容学校!」

「〈デシュラー＝ウォレック・ホテル〉や〈ニール・ハウス・ホテル〉へ行ったっていいが、今みたいななりじゃ歓迎してもらえないだろう……。あとでな」

「嫌だ!」サムはしかめ面をした。「そんなの我慢できない……」

ジョニーはかぶりを振った。「おれもやる気をなくしたみたいだ。自分でもその気にならない。あ!……」彼は前方を指さした。「〈キャピタル理容学校〉ってのがある」

それからの三十分は苦行だった。ジョニーに当たった理容学校生は、農家から外に出してはいけない人物だった。客の目の前で剃刀を振り回してから、肌をざっくりえぐり取る悪い癖がある。

「気持ちのいいマッサージはいかがです?」彼がささやいた。

ジョニーは剃刀が離れたところに置かれたのを確かめてから、農民理容師を押しやり、立ち上がった。「こっちがマッサージしてやりたいよ」彼はいった。「柵の横木でな」

サムのほうはもう済んでいた。サムを担当した肉屋は、彼の顎に長く赤い切り傷をつけていた。

外に出たジョニーは、ポケットから質札を出した。「さて、最悪の事態を覚悟しておいたほうがよさそうだ」

「何のために?」サムが問いただした。「あの坊やがたったの一ドルで質に入れたとしても、おれたちには請け出せない」

ジョニーは肩をすくめた。「だろうな。だが、質札を買い取る場所がある。質屋は、質入れされる品の十分の一程度しか払わないものだ。間に入る転売業者が、もう十分の一を払ってくれるだろう。ものを見て、考えたほうがいい……。しかも、ここが目当ての通りだ。ここから二ブロックくらいのところにあるだろう」

伝統的なスタイルの質屋だった。ドアの上には三つの金の玉が吊られ、ウィンドウには〝困ったときの友、アンクル・ジョー〟と書かれている。

ふたりは中に入った。アンクル・ジョーは目が鋭く、さっぱりとひげを剃った若い男だった。二十八から三十歳といったところだろう。ジョニーは質札を出した。「ほらよ、アンクル・ジョー」明るくいう。「うちの家宝を大事にしているかどうか知りたいんだ」

質屋は札をいじり回した。しばらくして、彼はいった。「請け出す金はあるのか?」

「問題は」とジョニー。「あんたがその安ぴか物を持っているかどうかだ」

若い質屋はぶつぶついった。店の奥へ行き、ドアをくぐる。あまりにも戻ってこないので、ジョニーはじりじりした。彼は怒鳴った。「おい、一日じゅう待たせるなよ」

質屋が戻ってきた。妙な形のものを腕に抱えている……純金製か、ただの金めっきか、その物体はおよそ五インチ四方で、十インチほどの高さがあった。

サム・クラッグが叫んだ。「時計だ!」

「何だと思ったんだ?」質屋が訊いた。

「時計だ」ジョニーはいった。「しかも、見事な時計だ。うーん……祖父の代からわが家に伝わる品だ」

質屋は時計をカウンターに置き、値札をいじった。「ふむ」彼はいった。「利子がついて二・六四。そう、二百六十四ドルだ。端数はおまけだよ」

ジョニーはうめいた。「そんなにするのか?」

「いくらだと思ってたんだ? これで二百ドル貸したはずだ」

「だが、利子が六十四ドルとは……。そ——そんな金、持っていない」

アンクル・ジョーは無慈悲に彼を見た。「だったら、どうしてここへ来た? 請け出せないのに……」

「できると思ってたんだ。ただ——そう、十ドルくらいの利子だと思っていたんだ。とにかく……」

「二百十ドルはあるのか? なら、それでいい」

今度ばかりは、ジョニー・フレッチャーは不意を突かれた。「何だって?……」彼は口ごもった。

「金がいるんだ」アンクル・ジョーはそっけなくいった。「在庫がいっぱいでね。利子なんてどうでもいい。二百十ドルで、これはあんたのもんだ……」

「そりゃあ」ジョニーはいった。「本当に親切なことだ。その取り引きに応じたい。ええと……明日の朝まで待ってくれないか。そうすれば……」

「じゃあ、二百十ドルもないのか。わかった。二百きっかりでいい。貸した金と同額だ。おれは今日、金がいるんだ」

「おれもだ」とジョニー。「実は、金はないんだ。明日までは。だから……それまで待ってくれ。

な？」

質屋はきらびやかな時計を取り上げ、後ろの棚に置いた。ちょうどそのとき、時計がブーン、ギシギシという音を立てた。時計のてっぺんにある小さな金の扉がぱっと開き、金色の人形が飛び出して、お辞儀をし……しゃべりはじめた！

「五時。一日ももうすぐ終わり」人形は一本調子の金属的な声でいった。

サム・クラッグは目を丸くした。ジョニーも時計に目を凝らした。人形がまたお辞儀をし、空洞の中に戻り、金の扉が閉まるのを見届ける。

「おれ自身、こいつが好きになってきた」質屋がいった。「現金が必要でなかったら……むしろ手元に置いておきたいね」

ジョニーは唇を湿らせた。「駄目だ！　おれたちは――明日、金を持ってくる」

彼は質屋がカウンターに置いた質札を取り、ポケットにしまった。

歩道に出ると、サム・クラッグは口笛を吹いた。「おしゃべり時計だ、ジョニー！　聞いたか？」

「アンクル・ジョーが、あの坊やに二百ドル貸したのも不思議じゃないな……。正面の宝石を見たか？　あの時計は、二百ドルの何倍も価値があるはずだ……しゃべらなくてもな。あれなら――」

郵便ポストに寄りかかっていた男が背筋を伸ばし、ふたりの前に進み出た。「やあ、おふたりさん」

彼はいった。

ジョニーは足を止めた。隣ではサム・クラッグが、荒く息をついている。

見知らぬ男は、がっしりとして浅黒く、年は四十五歳くらいだった。皮肉そうな笑みで顔が歪んでいる。「あんたたちを待っていたんだ」

「おれたちを？」ジョニーがいった。

「そうとも」相手はいった。「ジョン・スミスとジョン・ジョーンズをね。これでわかったかい？どこかで話をしないか？」

「どこか？」

「ああ」がっしりとした男がいった。「おれはただの私立探偵だ。名前はジム・パートリッジ。道を渡ったところの〈ブラウンフィールド〉に部屋を取っている。そこへ行かないか？」

「私立探偵は嫌いだ」サム・クラッグが喧嘩腰にいった。

「ほう」ジム・パートリッジがいった。「それなら、警察官のほうが好きなのかな？　もしそうだったら……」

「話を聞こう」ジョニーがいった。「来いよ、サム」

〈ブラウンフィールド〉は八階建ての二流のホテルだった。パートリッジの部屋は最上階の、廊下の突き当りにあった。彼は鍵を開け、中のスイッチで明かりをつけた。窓の外は通風孔だったからだ。

彼は化粧台の引き出しからウィスキーのボトルを出し、水飲みグラスに指三本分ほどの高さに注いだ。グラスをジョニーに差し出したが、ジョニーは首を振った。「今週は禁酒してるんだ」

サム・クラッグも断り、パートリッジは口を開け、中身を喉に流し込んだ。さらに指四本分注ぎ、グラスを手に、ぼろぼろのロッキングチェアに腰を下ろす。サム・クラッグは浴室のドアに寄りかかり、ジョニーはたわむベッドに腰かけた。

「話を聞かせろ、ジム・パートリッジ」

ジム・パートリッジはうなずいた。「短い話をさらに短くすると、あんたたちがミネソタでトム・

クイゼンベリーからくすねた質札を渡してもらいたい。おれがほしいのはそれだけだ」

ジョニーは唇を尖らせた。「短いのが好きなようだから、答えは――嫌なこった！」

「そういうと思ったよ」パートリッジが返した。「わかったよ、好きにしろ。サイモン・クイゼンベリーのじいさんは昨日あの世へ行った。孫はそれよりも先に死んだ――だから、時計は家の財産に戻るわけだ。おれは家の代理人なんだ」

「トムの父親の、エリック・クイゼンベリーのか？」

「家のだ」ジム・パートリッジは繰り返した。「で、おれはあんたたちが謎の流れ者だとは思っていない。ただ、並外れて運が悪い二人組ってところだろう。あの若者が悲鳴をあげたとき、たまたま監獄にいたわけだ。あんたたちは一部始終を見て、それを利用した。だが……そいつはいけない。だから、わかるだろう」

ジョニーは頭の後ろで腕を組み、ベッドに仰向けになった。汚い天井を見る。「まあ、そうかもしれないな、パートリッジ。だが、好奇心を満たすために、あんたのことをもっと教えてくれ。時計が道の向かいの質屋にあるのを、どうして知った？」

パートリッジは低くうめいた。「あんたたちは、世の中のことをあまり知らないと見えるな。おれはこの業界ではなかなかの腕ききなんだ。だが、あの若者がほとんど足跡を残していなかったのは認めよう。ここまでたどり着くのに一か月かかった」

「一か月？」

「そうとも。あの若者が家出をし、時計を持っていったのをじいさんが知ってから、ずっと行方を追っていたんだ」

「だが、先週ミネソタの警察が家族に連絡を取っているはずだ。どうしてミネソタにひとつ飛びしなかった?」

「おれが追っているのは時計で、ガキじゃない。あいつは時計を持っていなかった」

「ミネソタ州ブルックランズには行っていないのか?」

パートリッジは皮肉そうに笑った。「そこへ行ったと思ったのか?……あんたたちはここへ来た。おれのところへ」

「その通りだ。おれたちが来るとどうしてわかった?」

「新聞を読んだんだ。あの子供に偶然会ってから、あんたたちは道路を焦がす勢いで逃げ出した。つまり、質札を持っているってことだ……。しかし、どうしてこんなに時間がかかったんだ?」

「大変な道のりだったのさ。さて、決心はついたよ、パートリッジ」

私立探偵はグラスを空にし、化粧台の端に置いて身を乗り出した。「聞こうじゃないか」

「決心はついた」ジョニーはわざとらしい口調でいった。「ノーだ」

ジム・パートリッジは顔を引きつらせた。上着の下襟に手が伸び、三八口径のオートマチックを出す。「こっちも決心がついた――イエスだ」

ジョニー・フレッチャーが起き上がった。両手に持った枕を彼の頭上に放る――と同時に、サム・クラッグがバスルームからグラスを取り、ジム・パートリッジに投げつけた。

枕がパートリッジの気を引き、グラスが彼の顎に音を立てて当たり、砕けた。パートリッジはあえぎ声をあげ、ロッキングチェアから前のめりに倒れた。

「見事なチームワークだ」ジョニーは勢いよく立ち上がりながらいった。

サム・クラッグが三八口径を床から拾い上げた。力の抜けたパートリッジの手から転がり落ちていたのだ。パートリッジは身もだえし、うめいた。ジョニーが彼を立たせた。「顎は折れていないようだ、サム」彼はいった。「だが、何日かはスープしか飲めないだろうな……。銃をバスルームに投げ込め。そいつに悩まされたくないからな。そら！……」

最初の曲がり角で、ジョニーは新聞を買い、手近なドアの奥に滑り込んだ。「そろそろクイゼンベリー家の最新情報を知らなくちゃな。あのパートリッジとかいう男が、サイモン・クイゼンベリーが死んだといったのが嘘でなければ、彼について何か載っているはずだ——それに、家族について」

二面にその記事があった。ほとんど一段を使って、こんな見出しの記事が載っていた。

「殺された青年の祖父、死去」

ジョニーは記事に目を通した。冗長な言い回しは使わず、有名なシンプル・サイモン時計を作った裕福な製造業者、サイモン・クイゼンベリーが、長い闘病の末にニューヨーク州ヒルクレストの自宅で亡くなったと、簡潔に書かれていた。記事は、数日前にミネソタの刑務所に収監中だった孫息子のトム・クイゼンベリーが殺されたというショッキングなニュースが、その死を早めたかもしれないとほのめかしていた。

記事ではサイモン・クイゼンベリーの生涯が簡単にまとめられていた。趣味については二パラグラフを割いて触れられていた。サイモン・クイゼンベリーは、希少で珍しい時計にひと財産を注ぎ込んでいた。彼のコレクションは、現存する中で最高の値打ちがあるといわれ、その中には数々の名品が含まれている。彼のコレクションの中で最も価値があるのはおしゃべり時計で、サイモン・クイゼンベリーは五万ドルでも手放すのを拒んだことがあるという。

そこまで読んだジョニー・フレッチャーは口笛を吹いた。「五万ドル！　なのにあの坊やは、二百ドルで質に入れたのか。あの質屋が記事を読んでいないのを祈るしかない。時計を持って行方をくらませかねないからな」

サム・クラッグが鼻で笑った。「とんでもないほら話だ。五万ドルの時計なんかあるはずがない。この手の記事はみんな大げさなんだよ。強盗に遭った連中みたいにさ。やつらは警察に、現金二ドルと千八百ドルのダイヤの指輪を盗まれたとか抜かすんだ。そのあとで、哀れな強盗は故売屋とひと悶着起こすってわけさ。故売屋がその指輪に一ドル五十セント以上の値をつけないからだ」

「かもしれない」ジョニーはいった。「だが、アンクル・ジョーの見立ては信頼できる。少なくとも二千ドルの価値がなければ、あの時計で二百ドルは貸さないだろう――それに、二百ドルははした金じゃない」

「そうかもしれないな。おれたちには何の役にも立たないが。おれたちは二百ドルなんて持ってないし、これからも手に入らないだろう。この町じゃな。おれは今すぐ、懐かしのブロードウェイに戻ることにするよ」

「おれもだ。だがその前に、あの娘を探さなくちゃならない。ここで会おうといったんだから」

「こんな大きな町で、どうやって探すんだ？」

「彼女はホテルに泊まるだろう？　町の中心部には、大きなホテルは四つか五つしかない。そのうちのひとつにいるはずだ」

サムは顔をしかめた。「で、その部屋には六人のお巡りがいて、おれたちを捕まえようと待ち構えているってわけだ。とにかく、なぜ彼女に時計をやらなきゃならない――つまり、質札を？　あの坊やには家族がいるんだろ？」

「父親がいる。だが、ミネソタまで来るのにずいぶん時間がかかったのを覚えてるだろう。それに本人は、父親に追い出されたといってた。おれはあの娘に質札を渡そうと思う。あの坊やは、彼女にもらってほしがっているような気がするんだ」

「どうして人にやらなきゃならないのかわからない。転売業者に二百ドルで売るとかいう話があったじゃないか……」

ジョニー・フレッチャーにまともに見られて、サム・クラッグは赤くなりはじめた。「まあ、おまえがこれまでに持ってきたものよりは、価値があるような気がするんだが」

ジョニーは悲しげにかぶりを振った。「必要に迫られれば、ちょっとばかり尖った人間にもなるさ、サム。だが、おれが死んだ男から……死んだ子供から、ものを盗んだことがあるか？」

サムはため息をついた。「わかったよ、ジョニー。質札を手放して歩きだそうぜ。あそこに〈デシュラー＝ウォレック〉がある。そこにいるだろう」

彼女はそこにはいなかったが、二件目に訪れた〈ニール・ハウス・ホテル〉に宿泊登録をしていた。ジョニーは一瞬、部屋を訪ねようかと考えたが、やめることにした。代わりにフロントで便箋と封筒をもらい、短い手紙を書いた。手紙と一緒に質札を封筒に入れ、封をしてフロントに預けた。

それからサムに向き直った。「いいぞ、相棒、もう一度歩きだそう。タイムズスクエアまであと六百マイルだ」

第十章

「ニューヨーク」ジョニー・フレッチャーがいった。「なぜここを離れたのかもわからない」

「おれはわかってる」サム・クラッグが皮肉を込めていった。「だけど、いわないでおこう」

ジョニーは手を伸ばし、セダンの運転手の肩を叩いた。「ここで左折して、高速道路をまっすぐ行くといい」

「ありがとう」運転手はいった。「どこか降ろしてほしいところがあるかい？　それと、おれと妻がそこそこの値段で泊れる、いいホテルを知らないかな？」

「知ってるよ」ジョニーがいった。「〈四十五丁目ホテル〉だ。そこの支配人は友達なんだよ――」

「友達？」サム・クラッグが大声をあげた。

「友達だ」ジョニーがきっぱりといった。「ミスター・ピーボディを呼んで、ジョニー・フレッチャーの紹介で来たというといい。もしあんたたちを大事にしなかったら、そうだな――」彼はくすくす笑った。「――何週間か、おれがこの目で確かめるよ。そうすれば下手なことはできないだろう……。ここで降ろしてくれ、ミスター」

アイオワから万国博覧会を見にきた男は、縁石に車を止めた。ジョニーとサムは車を降り、運転手とその妻と握手した。

「おふたりさん」ジョニーは感謝を込めていった。「チェンバーズバーグからここまで乗せてきてくれて、本当にありがとう」

「あら、いいのよ」アイオワ男の妻がいった。「アイオワ州シェルロックへ来ることがあったら、寄ってちょうだいね。あたしたちのことは誰でも知ってるから――オーガスト・シュルツよ」

「親切な人たちだな」アイオワ州のナンバープレートをつけた車が走り去ると、ジョニーはいった。

「さてと――懐かしの町に変わりがないか、見てみようじゃないか」

「万博のおかげで、警察官は手強くなってるだろうな」サムが辛辣にいった。

「手強いほうがいいさ」ジョニーはいった。「だからニューヨークが好きなんだ。いつでも手強いし、おれは相手が手強いほど本領を発揮できる。さあ、まずはモート・マリに会いにいこう」

「ああ」サムの目が光った。「ミネソタ州ポプラーシティに、着払いで本を送ったわけを聞かなきゃな。それがごたごたの始まりだったんだから」

二十分後、ふたりは西十七丁目を曲がり、南北戦争以前に建てられたロフトビルディングの前に立った。ジョニーは愛情を込めてそれを見た。「そして今このときに、ごたごたは終わる」

ふたりはビルに入り、四階分の階段を上がった。エレベーターがないからだ。四階の踊り場で、ジョニーはドアのほうを向いた。ノブに手をかけ、うめき声をあげる。

「ドアの貼り紙は何だ?」彼は鋭くいった。

「立ち退き通告だ!」サム・クラッグが甲高い声をあげた。「汚ねえ連中だ……。おれたちにこんな真似を!」

「おれたちにしたわけじゃない」ジョニーが悲しげにいった。「気の毒なモートにしたのさ。本を着払いで送ったのも不思議じゃない。やつは無一文だったんだ。一、二ドルの金のことで、正直な男を信用しないなんて、大手の運送会社はくそったれだな」

ジョニーはノブを揺らし、ドアを蹴りさえした。しっかりと鍵がかかっている。彼は立ち退き通告をはがし、それを読んだ。「たった八十ドル――二か月分の家賃で！」彼は軽蔑したように鼻を鳴らした。「こんなネズミの巣のようなビル、ただでも借りてもらうだけありがたく思え」

彼は紙を床に投げ捨て、階段へ向かった。

「さあ、これからどうする？」サムが泣き言をいった。「モートがたったひとつのチャンスだったのに。金は出せなくても、本はもらえただろうに。こんなふうに裏切られたのは初めてだ」

「それはこれからわかることだ。モートは正直な男だ。支払いをきちんとしてるから、みんなやつが金を払うものだと思っている。で、払わないとなるとどうする？　追い出すのさ――おい！……」

ふたりが最後の一階分の階段を下りていると、みすぼらしいスーツを着た悲しげな顔の男がドアを開けた。三十代前半で無精ひげを生やし、禿げ上がった頭の上で、黒い前髪がくしゃくしゃになって盛り上がっている。モート・マリは、ユニオンスクエアの演説者の風刺画を描こうとしている漫画家のモデルになれそうだった。

「モート！」

モート・マリは口を大きく開けた。「ジョニー・フレッチャー！　サム・クラッグ！……」彼は、たった今伝道者に救われたかのような熱心さで、両手を広げてジョニーに駆け寄った。

「モートじゃないか！」ジョニー・フレッチャーが叫んだ。「汚い連中に、何をされた？」

一歩下がったモートの目は潤んでいた。「大変だったんだよ。義理の父は公共事業促進局から追い出された。母のところまで来るんじゃないかと心配しているんだ。母にときどき小遣いをもらってたのは知ってるだろう。ああ、ゆうべなんか——」モートは自分を哀れむように声を詰まらせた。「ゆうべなんか、地下道で寝なくちゃならなかったんだ！」

ジョニーは同情を込めてかぶりを振った。自分とサム・クラッグがこの二週間、居心地がよくて雨風のしのげる地下道で寝られれば御の字だったことも忘れて。「ミネソタまで本を着払いで送ってきたのも無理もないな！」

モート・マリはたじろいだ。「これまで、あんたたちをがっかりさせたことはないだろう？　不便な思いをさせたのでなければいいが……」

「とんでもない！」ジョニーがいった。

「とんでもない！」サムがいった。「ただ、そのせいで刑務所に放り込まれただけさ。あと、それからずっと飢え死に同然だっただけだ——だけど、そんなことはもう考えなくていい、モート」

「ちっ、ちっ！」ジョニーがいった。「もういいんだ、モート。いいか、おれたちは一文無しだ。だが、そのことで心配しなくていい。上にしまい込まれていない本が少しはあるんだろう？」

モート・マリはしょんぼりした。「本はないんだ、ジョニー。不意を突かれたんでね。もしわかっていたら……」

ジョニーは顔をしかめ、唇を噛んだ。「窓は？」

「面しているのは中庭で、しかも——格子がはまっている」

「くそっ、やりにくいな。大家は誰なんだ？」

「〈セーラーズ・セーフ・シーポート〉だ。ここらあたりの不動産はみんなそこのものだ。どんなやつらか知ってるだろう」

「一番手強いな。慈善団体ってのはみんなそうだ。よし、そこへ電話をかけろ。開けるのにどれくらいの金がいるか訊いてくれ」

「どうやって電話をすればいい？　ええと……どっちか、小銭を持っていないか？」

ジョニーはサムを見た。サムは顔をしかめた。「おれが持ってないのは知ってるだろう」

「わかった」ジョニーはいった。「道を渡ったところにある、イタリア料理のデリカテッセンはどうだ？　電話を貸してくれるほどの知り合いかな？」

「公衆電話なんだ」モートは渋面を作った。「彼にはもう、二ドル借りてるし」

「だったら、五セントくらいの誤差は構わないだろう。行くぞ……」

彼らはロフトビルを出ると、道を渡ってデリカテッセンへ行った。「やあ、トニー」モートは店の主人に明るくいった。「電話を借りられるかな？」

「もちろんだ」トニーは不機嫌にいった。「五セント入れて、ダイヤルしてくれ」

ジョニーが主導権を握った。「なあ、トニー、モートは破産して、おれは家に財布を忘れてきちまったんだ……ピアノの上にね。モートはおじさんに電話して、二十ドル用立ててもらうつもりなんだ。モートのおじさんが四十四分署の署長なのは知ってるだろ。さあ、いいところを見せて、モートに五セントやってくれよ。それで二十ドルが手に入れば、あんたに借りた二ドルが返せる。感謝するぜ、相棒！」

トニーはジョニー・フレッチャーをにらみつけたが、レジの両替登録のボタンを押し、五セント玉を取り出した。モートはそれを受け取り、電話ボックスに入った。三分後、出てきた彼は汗をかいていた。

「大丈夫だったか、モート?」

モートは首を横に振った。

「いくら必要なんだ?」

「百二十ドル」

「だけど、未払いは八十ドルなんだろう!」

「わかってる。だけど、翌月分の支払いは来週で、それも一緒に払うまで開けないというんだ……わたしは元船乗りだとまでいったが、何の役にも立たなかった」

ジョニーが悪態をつきはじめた。サム・クラッグも一緒になったが、モート・マリは落胆が大きすぎて、その状況にさえ少しほっとしているようだった。デリカテッセンの主人のトニーが、カウンターを回ってやってきた。

「なあ、ミースター・マーリー」トニーはいった。「百二十ドル入り用なのか?」

「天国に行ったら、必要なくなるだろうね」

「商売をやってるのかい、ミースター・マーリー?」とトニー。「こっちのお友達は——お客かな?」

「最高の客だよ。だけど、本がないと仕事にならないんだ。ほかにも本の注文は受けている。注文は山ほどあるんだが、どれも掛け売りでね……」

「なあ、ミースター・マーリー」トニーがいった。「おれが口をきいてやるよ。あんたに金をやる」

「何だって?」ジョニー・フレッチャーが大声でいった。「あんたがモートに貸すのか?」

「おれが? おれを誰だと思ってるんだ? ロッキーフェラーか? いいや、おれの義理の兄貴が貸すんだ。待ってくれ、電話してみる……」

彼は電話ボックスに入ってドアを閉め、三十秒で出てきた。「すぐに来る。角のビリヤード場にいるのをつかまえたんだ。カーメラが金を貸してくれる」

カーメラは数分後に、デリカテッセンにふらりとやってきた。三十歳くらいの目の細い、オリーブ色の肌の男だ。高価なピンストライプのスーツを着て、燃えるような真っ赤なネクタイを、ダイヤモンドのネクタイピンで留めている。

「やあ、諸君」彼は滑らかな口調でいった。「ちょっとした金が必要なんだって？」

「高利貸しだ！」ジョニーが叫んだ。

カーメラは冷静にジョニーを見た。「名前はカーメラ・ジェヌアルディだ。間違いのないようにいっておくが、ジュリアスのところで働いている。さてと、金がほしいのは誰かな？」

モート・マリの体がかすかに震えた。「わ――わたしです。百二十ドル」

カーメラは義理の弟であるデリカテッセンの主人を見た。主人はうなずいた。「道を渡ったところで商売をしてるんだ。本か何かだ」

カーメラはズボンのポケットから丸めた分厚い札束を出し、輪ゴムを外して、二十ドル札を五枚数えた。「トニーの友人ということだから、利息は優遇してやろう。一日十ドルでいい。水曜までは利息はいらない。手下が回収に来るからな……毎日」

「なあ、そいつは法外な利息じゃないか？」ジョニーが訊いた。

「銀行の利息よりは高いさ」カーメラがいった。「だが、この中に銀行で金が借りられるやつがいるか？」モートに向かって薄く笑う。「それと、忘れるなよ。利息は速やかに払ってもらいたい。いいな?」返事を待たずに、彼はうなずいて店を出ていった。

「ブルル!」ジョニーが身震いした。「いい親類を持ってるな、トニー」

「ああ、そうさ、カーメラなら間違いない。今は、何ていったかな? 保釈中か? 先週、男の腕を折ったもんでね」

「出ようぜ」サム・クラッグがいった。

「おい!」トニーが叫んだ。「貸した二ドル四十セント、返してもらえるはずだろう?……」

「明日な」ジョニーがいった。「モートはあんたの義理の兄貴に払う利息を取っておかなきゃならないんだ。行くぞ、モート」

店の外で、彼はモートにいった。「さて、ひとっ走り船乗り連中のところへ行こうじゃないか。八十ドル出して受け取らなかったら、提督の聖人ぶった首を絞めてやる」

「そう来なくちゃ、ジョニー」サム・クラッグがいった。彼は喜んでいた。「早くもいい気分だ。おれたちの災難は終わった。あんたの災難もだ、モート。それで思い出したぞ……ええと……」彼はポケットからハンカチとカードを出した。「昔ながらのハンカチ手品を見たことがあるか、モート?」

「何だって?」モートが大声でいった。「また手品を始めたのか?」

ジョニーがぶつぶついった。「こいつの技がうまく行けば、手品といえるがね」

サムはジョニーを無視した。腕にハンカチをかけ、カードをひと箱出していう。「一枚引いてくれ、モート……。いいぞ。今度は、ここへ戻してくれ」

彼はカードを切り、ハンカチを取って右のてのひらに広げた。左手で、ハンカチの真ん中にカードを置く。カードをハンカチで包もうとして、彼はつぶやいた。「いいや、こうじゃなかったな。ええと……。まずはハンカチをふたつに折りたたんで……」ハンカチを広げ、箱をいじり回すと、歩道に落ちた。

「そういう手品なのか、サム?」モートが叫んだ。

「そうなんだ、モート」ジョニーがいった。「どれだけ遠くまでカードが散らばるかが肝心なんだ……。さあ、家賃の問題を片づけにいこうぜ。すごくいい気分だ」

第十一章

レストランを出ると、モート・マリはサムとジョニーの両方と握手を交わした。「なあ、カーメラのことはちっとも怖くないんだ。ただ……」

「わかってるよ、モート」ジョニーがなだめるようにいった。「おれを信用しろ。今からこの本を売りにいく。明日の朝、九時にオフィスに来れば、おれたちが待ってる。金を持ってな」

「きっとそうするよ」サムが小声でいった。彼は両手に段ボール箱をひとつずつ抱え、四十ポンドではなく四、五ポンドの重さしかないかのように運んでいた。

モートはもう一度ふたりと握手を交わし、小走りにオフィスへ向かった。ジョニーとサムは十四丁目を目指した。

ジョニーは十四丁目の通りを見渡した。「警官がいるな。それに、ここでは前に商売している。そうだな、どこかほかに、人が集まっていて、現金に手を伸ばす前に警官に邪魔されない場所はないか?」

「万博会場は?」

ジョニーは顔をしかめた。「大道商人は駄目だ。税金が払えたとしてもな……。くそっ、ニューヨークにこんなにお巡りがいるのを見たことあるか? 万博のせいに違いない。なあ、二ドル手に入れたんだから、もっとましな郊外へ行かないか？」

「どこへ？」サムが吠えた。

ジョニーは顔をゆがめた。「ああ、たぶん、ホワイトプレインズかスカーズデイルか。それとも……」

「まさか、ヒルクレストじゃないだろうな！」

「どうして、いい町じゃないか……」

「わかってるんだ！　最初からそのつもりだったんだろう。時計の娘はヒルクレストに住んでいる。それに鼻を突っ込むつもりなんだろう。おれは嫌だね。手を引いて大満足だし、今後もそのつもりだ。拘束衣を着せられても、ヒルクレストへは行かないぞ……」

こうして、ふたりはグランドセントラル駅へ行き、そこからヒルクレストへ向かった。到着すると、ジョニーは店で道を訊いた。しばらくして出てきた彼は、妙な顔をしていた。

彼はサムにいった。「あのタクシーに乗ろう。歩くとかなりありそうだ……」

「どこまで？」

「今にわかるさ……タクシー！」

彼は商品の入った段ボール箱と一緒にサムをタクシーに押し込め、自分も乗り込む前に、身を乗り出して運転席に行き先を指示した。

タクシーはUターンし、車の間を縫って、曲がりくねった道を突っ走った。家や木々が目まぐるしく車窓を過ぎ、数分後、運転手はタクシーのブレーキを踏んでいった。「五十セントです、だんな！」

「墓場じゃないか！」サムが吠えた。「いったい？……」

「サイモン・クイゼンベリーの葬儀が行われているんだ」ジョニーが言い訳するようにいった。「彼はヒルクレストの大立者で、町じゅう出払っている。おれたちが用がある連中も含めてね」

「墓場は嫌いだ」サムが抗議した。「見ないで済むに越したことはない。出ようぜ。おれに無理強いはできないぞ、ジョニー。こんなの我慢できない」

「黙れ、サム！」ジョニーはタクシー運転手に料金を払い、砂利道を墓地へ向かった。行く手には大勢の人がいる。ヒルクレストの町まるごとといえば大げさだが、当たらずとも遠からずといったところだろう。墓地にはゆうに五百人がいた。

ジョニーはサムを残し、群衆の端に向かった。中央では葬儀が行われている最中で、だらだらと続く埋葬の儀式の声がかすかに聞こえてきた。だが、ジョニーはサイモン・クイゼンベリーには興味がなかった。サイモンは死に、未来はない。いつかはジョニーも死に、誰かにとって大切な存在であることをやめるだろう。

彼は生きている顔を探した。あの娘を。だが、群衆全体を見回し、若い女の顔にひと通り目を凝らしても、知った顔はなかった。その間サムは、重い段ボール箱を地面に置き、そのひとつに座っていた。

人々の間から、ジョニーは燕尾服にストライプのズボンといういでたちの、恰幅のいい葬儀屋を見た。葬儀を取り仕切っているのだろう。その声が朗々と響いた。

「故人のなきがらを、生まれてきた土に戻す前に、声をかけたい方はいらっしゃいませんか？」

反応はなかった。泣き声もない。ジョニーは不意に胸を突かれた。ぐるりと取り巻く群衆の中に、涙に濡れた顔も、悲しみに打たれた顔もない。たくさんの人々が、サイモン・クイゼンベリーが墓に埋められるのを見にきていたが、その死を嘆く者はいなかった。

ジョニーは向きを変え、急いでサムのところへ戻った。「その箱を持って、急いで門へ行くんだ、サム」

「何だって？」サムは息をのんだ。「まさか――」

「そのまさかさ」ジョニーは簡潔にいった。「悲しんでいるやつは誰もいない。あの世に思いを馳せているかもしれないが、それは好都合だ。みんな寛容になっている――おれたちにな。行くぞ……」

すでに人々は立ち去ろうとしていた。リムジンやその他の車、あるいは徒歩で、ふもとの門へ向かう。しかし、まだひとりも門をくぐらないうちに、段ボール箱のひとつにジョニーが立ち、もうひとつに上着を脱いだサムが立った。

先発隊が着く頃、サムはシャツを脱いだ。奇妙な光景に、人々は目をしばたたき、ささやいた。

ジョニーが演説家のように両手を上げ、声を張りあげた。「紳士淑女の皆さん、しばしお耳を拝借。皆さんはたった今、愛すべき同市民サイモン・クイゼンベリーの埋葬を終えました。故人に最後の敬意を払い、これから帰るところでしょう……生者の世界へ。しかし、お帰りになる前に、わたしからお伝えしたいことがあります。今日、あなたがたは生き、健やかでいます。

いつの日か、あなたがたもこの門をくぐることになります。けれども、しばらくはそんな日が来ないことを祈りましょう。しかも、皆さん、その通りになるのです。そんな日が来るのはずっとずっと先になるでしょう。穏やかで節度のある生活をし……健康に気をつけていれば。

健康です、皆さん。それは命と同じなのです。ここにいる友人を、ちょっとご覧ください……」彼はサム・クラッグの胸を手のひらでたたいた。「彼をご覧ください。見たこともないような素晴らしい体でしょう？　この波打つ筋肉、とてつもない胸板をご覧あれ。見事でしょう？　しかし……」ジョニーは声をささやきほどに落としたが、それでも百フィート先まで届いた。「しかし……それほど遠くない昔には、この素晴らしい肉体はただの骨と皮だったのです。病で衰弱していました。ここにいる男、二百二十ポンドの筋骨隆々、健康そのもののこの男は、影のような存在だったのです。体重は九十六ポンドで、この国最高の医者でも、あと六か月しか生きられないといいました……」

墓地をあとにした人々は足を止めた。通行人が出口をふさいだが、リムジンの運転手はクラクションを鳴らすのをためらった。墓地ではクラクションは鳴らせない。そこで、砂利敷きの私道には車が列をなし、数百人の人々がそれを囲んだ。門のそばでは、ジョニー・フレッチャーが口上を続けている。しゃべりながら、彼はサムに手渡された丈夫な布ベルトをサムの胸に巻き、しっかりと締めた。

ジョニーの声が響きわたった。「わたしのところに来たとき、彼は弱っていて、その場で死んでしまいそうでした。彼はこういいました。『医者には匙を投げられた。秘密のボディービル法のことを聞いたんだ。もう何も失うものはない。それを試してくれ。うまく行くとは思わないが、それでも……』彼はわたしに一切を任せました。失敗しても責めないといって。しかし、これが失敗ですか？……さあ、彼をご覧ください！　皆さん、このヤング・サムスン、世界最強の男をご覧あれ。力強い体、紅潮した顔、素晴らしい健康……ご覧あれ！……」彼が叫び出さんばかりに声を張りあげると、サムが深く息を吸い込み、胸を膨らませた。

あたりは急に静まり返り、そのさなかに、バチンという大きな音がした。サムの胸に巻かれた布ベルトがちぎれ、体からはじけ飛んだ。

「見ましたか？」ジョニー・フレッチャーがわめき立てた。「胸を膨らませただけで、あの頑丈な布ベルトがちぎれたのを？　皆さんの中に、こんな芸当ができるほどの力自慢がいますか？　いないでしょう！　当然です。なぜなら、皆さんの誰ひとり、わたしのボディービルの秘密を知らないのですから。でも、お待ちください……ほんのしばし……」

ジョニーは箱から飛び降り、引きむしるように開けて、長さ六フィートのずっしりとした鉄の鎖を取り出した。それを高く掲げる。「この鎖が見えますか、皆さん。これは鍛冶の名人が作った丈夫な鉄の鎖です。材木用チェーンといって、木こりが重い材木を引っぱるのに使うものです。滑車に取りつけ、鉄の金庫や建築石材を上げ下げするのに使うこともあります。こちらにご注目を、皆さん。ご注目を……」

彼はまた自分の箱に乗り、鎖をサムの体に巻きつけはじめた。両端をサムの体の正面に持ってきて、きつく引っぱり、より合わせる……。

彼がそうしているうちに、群衆の前のほうから聞こえよがしな声がした。「この男は何をしようとしているんだ？　そもそも、何者なんだ……？」

「ここは墓地だぞ……」別の声がした。

女性が甲高い声をあげた。「冒瀆よ！」

人々が動き、門をくぐりはじめた。ジョニーは観衆が苛立っているのを察し、ふたたび両手を上げた。「あと一瞬だけお待ちください。世界最強の男、ヤング・サムスンが、彼の体に絡みついた鎖を壊してご覧に入れます。これまで皆さんが見ることもなく、今後も見ることはない偉業を達成するのにご注目を。かつては貧弱だった、この生ける奇跡を……」

ひとりの女に連れられた村の警察官が、汗をかきながら群衆をかき分け、ジョニーに近づいた。

「おい、ここで何をしている？　おまえたちは何者だ？……」

「公共慈善家ですよ！」ジョニーが怒鳴った。「それがわたしです。何年も前、わたしは生命の秘密の原理を発見しました。それは健康です。以来、わたしはその秘密をすべての人に伝えることに人生を捧げています……人類がその恩恵を受けられるように。そう、あなただって恩恵を受けることができますよ。あなたは体格もいいし、強いし、健康そうだ。しかし、わたしの友人がたった今見せたような力自慢ができますか？　あなたに？　ええ、できるのです……どうやって？　実は、このあとすぐにご紹介する本を読むだけでいいのです。『だれでもサムスンになれる』というその本には、ヤング・サムスンが今の彼になるために学んだすべての秘密、訓練法、定石が書かれています……」

「本のセールスマンか！」警察官がしわがれた声で叫んだ。「おまえたち！――」

「ご注目を！」ジョニーが声を張りあげた。「ヤング・サムスンが鎖を引きちぎります。彼にご注目を！……」

サムは足を広げて数インチほど体を低くし、深く息を吸った。ゆっくりと吐き出しながら、同時に体を引き上げる。筋肉が盛り上がり、途方もない努力に顔は真っ赤になり、顔から汗が滝のように流れた。

鉄の鎖の輪が、彼の肉体に食い込んだ……見わたす限りの人々が、それに目を凝らしている……。上へ……上へ……。サムの首筋に、血管が縄のように浮き出た。顔が赤黒くなる……。

そして、鎖が切れた！

ひとつの輪が壊れ、鎖はサムの体から飛び散り、警察官から三インチと離れていないところをかすめた。それは地面に落ち、前列にいた誰もが、壊れて形をなくした鎖の輪を見た！……。

ジョニーは箱を降り、それを開けて、両手に本を抱えた。

「こちらです、紳士淑女の皆さん！　『だれでもサムスンになれる』、たった今ご覧になったヤング・サムスンのように、強く健康になれる方法が書いてある本です。生命……活力……健康の秘密が、たったの二ドル九十五セント！……」

ほんの数分前の驚くべき出来事に今もとらわれている群衆に、彼は熱心に売り込んだ。その後ろでは、サムがまだ汗をかき、顔を赤くしながらも、たくましい腕に本を抱えている。左右の客に本を渡し、力強い手で金を受け取りながら、みんなが近くで見られるように腕や肩の筋肉を動かした。

人々はざわめき、おしゃべりしながら、あたりを行き来した……その上に、ジョニー・フレッチャーの声がとどろく。熱心に訴え、懇願し、説得する……。「二ドル九十五セント！　たった二ドルと九十五セントで、長生きができますよ。繰り返しかかる薬代や医者代も節約できます。二ドルと……」

人々は散り散りになり、門を出られるようになった車はヒルクレストへ向かった。人々もそれに続いた。十分としないうちに、残っているのはほんのわずかになった。

ジョニー・フレッチャーは箱のひとつを蹴って、空なのを確かめると、もうひとつの箱に数冊の本を投げ入れた。

「悪くないな、サム。なかなかのもんだ……」

サムが口の端からこっそりいった。「あの男がまだいるぞ」彼は身を屈め、シャツと上着を拾い上げた。

「おい、おまえたち」村の警察官がとまどったように、だが断固とした声でいった。「こんなことをしちゃいけない。ただの本のセールスマンが、このような葬儀に来て……」

ジョニーは両手を打ち合わせた。「あなたを忘れていましたか？　ああ、そうでした！　さあ、これをどうぞ。『だれでもサムスンになれる』です。それに――いえいえ！　あなたからお代はいただけません……まったくの無料でお納めください。いかなる料金もかかりません。わたしとヤング・サムスンからの贈り物です……」

警察官は本を受け取り、赤くなった顔をしかめた。最後に両手を広げた。「まったく、かなわんな！」

ジョニーはくすくす笑った。「でしょう？」

警察官は『だれでもサムスンになれる』をぱらぱらとめくった。「だが、二度とやらんでくれよ、ミスター。ヒルクレストではな。大道商人については地方条例があるし、商工会議所がやかましいんだ。ヒルクレストの金が外に流れる、とね……」

「もちろんですよ、お巡りさん。ところで、亡くなったサイモン・クイゼンベリーの家を教えてくれませんか？」

第十二章

鉄の門は威圧的で、ジョニー・フレッチャーの呼び鈴に応えて出てきたジョー・コーニッシュは、門よりもさらに威圧的に見えた。

ジョニーとサムをじろじろ見た彼は、明らかに感心しない様子で、不愛想にいった。

「何の用だ？」

「ミスター・エリック・クイゼンベリーに会いにきたんだよ、お友達」ジョニーは居丈高に返事した。「いい子だから、門を開けてくれないか？」

「クイゼンベリーは面会はしない」コーニッシュはぶっきらぼうにいった。「それに、おれはあんたの友達じゃない」

「ふうん！　だったら、その穴ぐらに入って家に電話してくれ。ミスター・クイゼンベリーに会いたがっている紳士がいるってね……オハイオ州コロンバスの、ジョーおじさん《アンクル・ジョー》の件で」

「クイゼンベリーはオハイオ州に親類はいない。何をしようってんだ？」

ジョニーは門の鉄柵をつかみ、中を覗いた。「あんたは何者なんだ——貧乏な親類か？　そうでなかったら、さっさと電話しやがれ！」

「おれが柵を乗り越えて、その歯を喉に詰まらせる前にな」サム・クラッグがつぶやいた。

コーニッシュはむっとした顔でしばらくジョニーを見ていたが、肩をすくめて小屋に入った。出てくると、かんぬきを外した。

「おまえたちが出てくるまで、ここで待っているからな」彼は意味ありげにいった。

「上等だ」サムがいい返した。

ふたりは私道を歩き出した。ジョニーが大声をあげた。「見ろよ、この屋敷は、まるで時計のように配置されてる。ひとつの道がひとつの時間を示してるんだ。クイゼンベリーってやつは、よくよく時計が好きなんだな」

「あの世へ行ったら、もう時計はいらないだろうに」サムが達観したようにいった。「それに、エリック・クイゼンベリーに、おれが思っている半分の賢さがあれば、おれたちにも時計はいらなくなるだろうな——何年かにわたって」

「相変わらず悲観的だな、サム。大丈夫だ、クイゼンベリーも今頃は、おれたちが息子を殺したんじゃないとわかっているさ」彼はそれから小声でいった。「そう祈ってる」

ふたりがベランダに近づくと、エリック・クイゼンベリーが出てきた。目の粗いツイードの服を着て、脚を広げ、きびきびとした口調でいう。

「コロンバスから来たというのはきみたちか?」

「そこへ行ったんだ」ジョニーはいった。「ミネソタにもね」

「ああ!」エリック・クイゼンベリーが叫んだ。「すると、きみがジョン・スミス——」

「ああ。こっちは友人のジョン・ジョーンズ」

クイゼンベリーはうめいた。「名前のことはしばらく置いておこう。きみたちは、ミス・ラスクに何かの札を渡した男だといいたいのか?」

「質札さ。おしゃべり時計のね。彼女は無事、請け出したんだろう?」

クイゼンベリーは力を抜いた。「ゆうべ、それをわたしに持ってきた。きみたちの話も聞いたが、率直にいおう。わたしにはわからない。きみたちは、刑務所でトムと一緒だったんだろう?」

ジョニーはうなずいた。「ひと晩一緒だった。だけど、おれたちは殺しちゃいない。それをいいにきたんだ。刑務所にはもうひとりいた。そいつはおれたちがぶち込まれる数時間前から、トムと一緒だったんだ……」

「どんな男だった?」

ジョニーは肩をすくめた。「見たこともないほどひどい浮浪者だった。けれど――真夜中、トムがおれのベッドに来て、質札を無理に握らせたんだ。どうも、その第四の男を恐れていたようだ。朝になると……」彼は言葉を切り、問いかけるようにエリック・クイゼンベリーを見た。

クイゼンベリーはうなずいた。「続けてくれ。すべてを知りたい」

「朝になると、トムは死んでいた。警官が起こしにくると、第四の男――浮浪者――がナイフを抜いて警官に切りつけ、一目散に逃げ出した。おれたちもそのあとを追って……」

「なぜだ? 何もしていないのに?」

「とっさにやっちまったんだ。実は、おれたちは浮浪罪で入れられていたんだ。不運続きで、文無しだった。浮浪者がうまいこと逃げだしたのを見たとき、身代わりにさせられると思ったんだ……すべての罪を着せられ、疑いを晴らすチャンスはほぼないだろうと」

「その警察官とは話をした――フィッチとか何とかいう名前だったな。彼は確信しているようだった。

きみと、それから――」クイゼンベリーはサムをちらりと見た。「きみの相棒が……トムを殺したと……」

彼の背後から、ボニータが戸口に現れた。「失礼するわよ、エリック」彼女はいった。「コーニッシュが門から電話をしてきたわ。ギリシア人が来るそうよ」

ボニータ・クイゼンベリーは、ジョニーからサムに視線を移し、ベランダに出た。ジョニーの耳に、私道を車がセカンドギアで近づいている音が聞こえた。振り返ると、車体の長いクーペがベランダの正面に滑るように停まるのが見えた。

四十歳ほどの、背の高い、オリーブ色の肌の男が降りてきた。「ごきげんよう、ミスター・クイゼンベリー」彼はいった。

「ごきげんよう、ボス」クイゼンベリーがそっけなくいった。「何かご用ですか?」

ニコラス・ボスは、真っ白な力強い歯を見せた。「性急なのはお詫びしますが、わたしが来たのは……ああ、わたしが来たのは時計のためです」

「時間を無駄にはしないってこと?」ボニータ・クイゼンベリーが鋭くいった。

夫は彼女に向かって眉をひそめた。「父から聞いただろう……」彼は小声でいった。

「ええ」ボニータは威圧的にいった。「おしゃべり時計のこともね。それは別だったわよね?」

「何ですって」ニコラス・ボスがすぐさまいった。「あなたがたは……おしゃべり時計を持っているんですか?」

「ええ」ミセス・クイゼンベリーがいった。「それに、今いっておいたほうがいいと思うけれど、トロントの時計コレクターがかなりの額を申し出ているの……」

「いけません！　売っては駄目です。サイモンはわたしに譲りたがっていました……」

「お金を払ってくれたらね！」

オリーブ色の肌の男は顔を曇らせた。ぎこちなくうなずく。「時計を見せてもらえませんか？」

「それは構わないでしょう」エリック・クイゼンベリーが妻を見ていった。彼女はうなずいた。

ジョニーは招かれてもいないのにドアへ向かった。クイゼンベリーがそれにぶつかり、足を止めた。

「おまえ」ぼそぼそと妻にいう。「ミスター・スミスを紹介するのを忘れていたよ……それと、ミスター・ジョーンズだ。こちらはニコラス・ボス」

「スミスに」ボニータ・クイゼンベリーがいった。「ジョーンズ。まさか――」

「そのスミスとジョーンズだ」ジョニーがにやりとしていった。「おしゃべり時計を取り戻した、頭のいい男たちさ。まだじっくり拝ませてもらったことはないが。構わないだろう？」

ボニータ・クイゼンベリーは、ジョニーを冷ややかに見た。「狙いは何？　ダイアナは騙されたみたいだけれど、わたしにいわせれば、間違いなく――」

「ちっ、ちっ」ジョニーがいった。「おれたちがやったのなら、ここへ来ると思うかい？」

「どうだか」ボニータは無作法にいった「この件については、気に入らないところがいっぱいあるから」

「へえ、おれもそう思っていたんだ……いいかい？」ジョニーは顎でドアを示した。

ボニータは家へ入った。ほかの人々もそれに続き、広い玄関ホールから居間を抜け、パイン材の鏡板を張った二十フィート四方の部屋へ向かった。部屋に入ったジョニーは足を止めた。その後ろで、サム・クラッグが口笛を吹く。

そこには時計屋をしのぐ数の時計があった。しかも、何たる時計だろう！　大きな時計に小さな時計、中くらいの時計。金属製、木製、石製、大理石製の時計。大型の振り子時計に、小型の置時計。あらゆる色、形、デザイン。金や銀がきらめき、真鍮や青銅が光を放つ。

そして、どの時計も動いていた。振り子は揺れ、歯車は音を立てている。

エリック・クイゼンベリーが鏡板に近づいて押すと、木製のドアがさっと開き、壁に埋め込んだ金庫の黒いスチールの扉が現れた。彼はしばらくダイヤルを操作し、扉を引き開けた。中に手を入れ、おしゃべり時計を取り出すと、部屋の真ん中にあるテーブルに置いた。

ニコラス・ボスがいった。「ああ！」その目が貪欲そうに輝く。

「あと二分で三時です」エリック・クイゼンベリーがいった。「二分でしゃべり出しますよ」

ニコラス・ボスは時計をいとおしそうに撫でた。「そうだ」彼はささやいた。「これぞおしゃべり時計だ。わたしが手に入れなければ」

「おいくらで？」ボニータ・クイゼンベリーが訊いた。

ニコラス・ボスは、目を上げてミセス・クイゼンベリーの顔を見た。「五万ドル出しましょう」

「出直してちょうだい！」

ニコラス・ボスは、ぐっとこらえた。「カナダの男はいくら払うといったのですか？」

「五万ドル以上よ」ボニータが答えた。

「ホレス・ポッターにそんな金があるはずがない」ボスはきっぱりといった。「信じられませんね」

ボニータは鼻腔を膨らませた。「嘘だといいたいの？」金切り声をあげる。

ボスは受け流すように肩をすくめた。「いえいえ、マダム。ただの――取り引きですよ。あなたはもっとお金がほしい。わたしは出さない」

ボニータは夫のほうを見た。「こんなことをいわせておくつもり、エリック?」

クイゼンベリーは咳払いした。見るからに困っているようだ。クイゼンベリー家では誰が主導権を握っているか、ジョニーはそれでわかった。

続いて、時計の部屋を大混乱が襲った。

クイゼンベリーがいった。「ほら、ミスター・ボス!……」

三時になり、部屋じゅうの何百という時計がいっせいに鳴りだした。カッコーが穴から飛び出し、鳴き声をあげる。ベルは音を立て、ラッパが吹かれ、チャイムが響き、鳴らし手が銅鑼を鳴らす。

ほとんど正気を失いそうになりながらも、ジョニーはおしゃべり時計に目を凝らした。小さな金の人形が出てきてお辞儀をするのが見えたが、言葉はほかの時計の騒音にかき消されて聞こえない。だがニコラス・ボスは、おしゃべり時計から出てきた小さな金の人形のすぐそばに耳をつけていた。その顔に、うっとりしたような表情が浮かんでいる。

まだ三時だったので、数百台の時計はまもなく時を告げ終えた。正午や夜の十二時には、この家の住人はどうしているのだろうとジョニーは思った……。地下室に潜っているのかもしれない。

騒音のこだまがやむと、ニコラス・ボスが背筋を伸ばした。

「わかりました」彼はいった。「七万五千ドル出しましょう」

「やっと話がわかるようになったわね」ボニータ・クイゼンベリーが大声でいった。「どう思う、エリック?……」

エリック・クイゼンベリーは咳払いした。「ミスター・ボス、取り引きは成立のようです。ええ、現金でお支払いいただければ、わたしたちは手配を――」

「何か忘れていないか？」ジョニー・フレッチャーが穏やかに割って入った。「新聞で読んだところじゃ、このおしゃべり時計は、サイモン・クイゼンベリーが孫のトムに譲ったものだったはずだ」

「それはわかっている」エリック・クイゼンベリーが、顔をしかめていった。「だが、わたしは父親なのだから、時計は当然わたしに移譲される――」

「かもしれないし」ジョニーはいった。「違うかもしれない」

ボニータ・クイゼンベリーは足早にニコラス・ボスの脇を通り、ジョニーに近づいた。「ちょっと、余計な口出しをするあなたは何なの？　わたしの記憶が正しければ、確か――」

「ジョン・スミス。あなたの義理の息子、トム・クイゼンベリーの友達だ」

「あの子を殺したんでしょう！」

ジョニーは唇をゆがめて笑った。「いいや、トムが死ぬ前に、最後に話した相手さ。彼に聞いたよ、ミセス・クイゼンベリー。なぜ家を出たかをね」彼はボニータに背を向けた。「ミスター・クイゼンベリー、あんたはトムの父親だが、おしゃべり時計を売る前に、法律の専門家の意見を聞いたほうがいい。トラブルが未然に防げるかもしれない。わかるだろう、息子にはほかに近親がいて、時計の所有権を主張するおそれがある……」

エリック・クイゼンベリーは目を見開いた。「何の話だ？」

「ほら、トムが家を出たのは――亡くなる三か月前だったろう。ひょっとして……どこかで結婚していたかもしれない」

「馬鹿馬鹿しい！」

ジョニーはからかうような顔をした。エリックはしばらく彼を見つめ、それから妻のほうを見た。ボニータ・クイゼンベリーの顔は青ざめていた。

「ダイアナが！……あなた、どう思う？……」

「わからない」クイゼンベリーはかすれた声でいった。だが、だとしても……」ジョニー・フレッチャーを見る。「きみは何を知っているんだ？　話してくれ！」

「実は何も知らない。ただ、可能性はあると思ってね。どのみち、トミーは家を追い出されたも同然で――」

「追い出された！」ボニータ・クイゼンベリーは、敵意をむき出しにしていった。「よくそんなことがいえるわね！　エリック、この男に出ていってもらってちょうだい」

「もうおいとまするよ」ジョニーはすかさずいった。「ひとつだけ聞かせてほしいことがある、ミスター・クイゼンベリー。あんたか――お父上のサイモン・クイゼンベリーは、ジム・パートリッジという私立探偵を雇ったかい？」

一瞬、ジョニーはボニータ・クイゼンベリーが気を失うのではないかと思った。彼女はジョニーにぶたれたかのようにたじろぎ、まぶたを激しく震わせた。

クイゼンベリーも動揺していた。「ジム・パートリッジ！　ジム・パートリッジといったか？」

「ああ、私立探偵のね。たまたまコロンバスで会ったんだ。彼は……おしゃべり時計の行方を追っていた」

「嘘よ」ボニータ・クイゼンベリーがつぶやいた。「わたし……もう何年も、あの人の消息を聞いていないもの」

クイゼンベリーは妻をじっと見た。その顔がゆっくりと赤くなる。「どうやら、ボニータ」彼はいった。「話し合わなければならないようだな……この件について」

「じゃあ、あんたがパートリッジを雇ったんじゃないんだな？」ジョニーが訊いた。

クイゼンベリーはかぶりを振った。「父だったのかもしれない……」

ジョニーとサムがドアのところまで来たとき、クイゼンベリーが声をかけた。

「ところで、きみたちの連絡先は？」

ジョニーがにやりとした。「こっちから連絡するよ。じゃあな、ミセス・クイゼンベリー」

ふたりは居間を抜け、玄関へ向かい、屋敷を出た。丘の中腹を下りながら、ジョニーはサムにいった。「この一件には妙なところがあるぞ……」

「まったくだ……揃いも揃っておかしな連中だ。なぜかわかるか？　毎時間あの時計の音を聞いているからさ！」

門の脇の小屋を通りかかったとき、ジョニーが開いたドアの中を覗くと、喧嘩腰の門番が電話をかけていた。サムはその場にぐずぐずした。「まだいちゃもんをつける気だろうからな」

門番は電話から少し振り返り、彼らをにらみつけたが、受話器を耳から離さなかった。ジョニーとサムは門を出た。

道に出たふたりは、郊外の町ヒルクレストを眺めた。

サムがいった。「さて、ニューヨークに戻るかい？」

「ああ……。あと少ししたらな」

「おいおい！　このあたりをうろうろしようってんじゃないだろうな？　クイゼンベリーの女房は危

険だ。今頃は警察に電話して、おれたちをつかまえさせようとしているだろう」

「いいや、ボニータはいい子にしてるさ。パートリッジの名前を聞いてぶっ倒れそうになっていた。そのパートリッジってのが何者なのか知りたい。わかってるんだ――」彼はサムに向かってにやりとした。「――どこを探せばいいかは」

サムがうめいた。「どこだ?」

ジョニーはヒルクレストの町を顎で指した。「あのラスクって娘が、ここに住んでいるといわなかったか?」

「彼女は若すぎる」とサム。

「いいや。最近の連中は、十六歳の若さで結婚するらしいぞ。おれよりも年上の男とね。ラスクの娘は十九か二十歳だろう。ひょっとしたら妹がいるかも……あるいは女友達が。そいつはおまえにやるよ」

サムはしかめ面を変えなかったが、それ以上文句はいわなかった。小さな町の目抜き通りを歩くうち、ジョニーはサムを外に残してドラッグストアに入った。出てくると、道に向かって顎をしゃくった。

「ヒルクレスト・アパートメント。彼女は母親とそこに住んでいる」

ラスク家の呼び鈴に応えたのはエレン・ラスクだった。その顔に、にわかに警戒の色が浮かぶ。

「あなたたちは――」

「本のセールスマンです」ジョニーがすかさずいった。「でも、心配ありません。娘さんの友人でもあるので……それと、トム・クイゼンベリーの」

「どういうことでしょう。ダイアナからは何も聞いていませんが……」

「ふたりの男が、コロンバスでおしゃべり時計を取り戻す手助けをしたと聞いていませんか？」

「ええ、聞きました。でも、あなたたちが？……」

「スミスとジョーンズです」ジョニーがいった。「娘さんはいないのですか？」

「すぐに戻ると思うのですが。あら……お入りになります？　問題はないでしょうから」

「ありがとう」

彼らはきちんと片づいた部屋に入った。ミセス・ラスクはふたりを居間に通し、ソファを勧めた。自分は肘掛椅子に腰を下ろす。

「ミセス・ラスク」ジョニーが単刀直入にいった。「ジム・パートリッジという名前を聞いたことがありますか？」

相手がはっとするのを見て、聞いたことがあるのだとわかった。しかし、彼女が答えるまでには少し間があった。「ええ、今のミセス・クイゼンベリーは、以前は彼と結婚していたのです」

「おやおや！」ジョニーがいった。「そういうことですか。パートリッジに会ったことは？」

「いいえ」エレン・ラスクはかすかに笑った。「ジム・パートリッジは、ミセス・クイゼンベリーがひた隠しにしておきたい秘密なのでしょう」

「ミセス・クイゼンベリーとは仲がいいんですか？」

エレン・ラスクは顔を赤くした。「わかりません……どうしてこのことにかかわってくるんです、ミスター――？」

「スミスです。こっちはジョーンズ。本当は何のかかわりもないんですよ。ただ、ちょっとした誤解があって、サム――いや、ジョーンズとおれは、深刻な危機に陥っているんです。ありていにいえば、法の手から逃れているところでしてね。容疑は……」彼は肩をすくめた。

「ええ、わかります。でも……どうしてここへ来て、わたしに質問なさるの？」

ジョニーはためらった。「あなたの娘さんは、トム・クイゼンベリーと婚約していましたね。彼が家を出てから数か月経っているのに、彼が厄介事に巻き込まれたと知るや、娘さんはミネソタへ急行した。昼も夜も運転して……」

彼は言葉を切り、ミセス・ラスクを鋭く見た。「トム・クイゼンベリーと娘さんは、婚約者以上の関係だったんじゃありませんか？」

彼女は身をこわばらせ、こぶしが白くなるほど強く椅子の肘掛けを握った。

「つまり」彼は穏やかにいった。「彼らは結婚していたのでは……ひそかに？」

「どうしてそう思うんです？」エレン・ラスクは低く、だがきっぱりと尋ねた。

「実は少し前に、エリック・クイゼンベリーに同じことをにおわせたんですよ。彼はそのことでひどく動揺していたので、さもありなんと思ったに違いないと考えましてね」

「いいえ」エレン・ラスクはいった。「娘はトム・クイゼンベリーと結婚はしていません。現に――」

ドアのブザーが鳴り、彼女はすぐに立ち上がった。「ちょっと失礼……」

彼女は言葉を切った。ダイアナ・ラスクが部屋に入ってきた。ジョニーとサムを見て、目を見開く。

「あなたたちは！……」

「やあ、ミス・ラスク」ジョニーはにやりとしていった。

エレン・ラスクは娘に目配せしたが、相手はそれを無視して進み出ると、ジョニーに手を差し出した。「トムの時計を手に入れたわ」彼女はいった。「来てくれてよかった。これで、お礼がいえるもの」

ジョニーは顔をしかめた。「どうして時計をミスター・クイゼンベリーに渡した？　今日の午後、もう少しで売り飛ばすところだったんだぞ」

「だって、今はあの人のものだもの、売ってもいいんじゃない？」

「場合による、ミス・ラスク。いいか、トムの祖父は、あの時計をトムに遺したんだ。そして――」

「ダイアナ！」エレン・ラスクが厳しい声でいった。「ちょっと寝室にいらっしゃい」

ジョニーはため息をついた。「ボスという男が、その時計に七万五千ドルの値をつけたよ」

「七万五千！……」ダイアナ・ラスクは息をのんだ。母親がその腕をつかみ、部屋から追い立てる。

ジョニーはふたたびソファに座った。サムが辛辣にいった。「ここを出たほうがいいんじゃないか、ジョニー。ミセス・ラスクはひどく取り乱してる。乱暴すぎるよ」

「わかってる。だが、心配ない。これ以上は何もないさ。この娘は、与えられたものを受け取る権利があると思う。あのクイゼンベリーの女房は、何だって横取りするだろう……」

エレンとダイアナ・ラスクが寝室から出てきた。娘の顔は青ざめ、母親は決然とした表情を浮かべている。ジョニーはサムの脇腹をつつき、立ち上がった。

「お邪魔しました、ミセス・ラスク」彼はいった。「そろそろ帰らないと。お騒がせして申し訳ない……」

「答えを知りたくないのですか――さっきの質問の」

ジョニーは首を横に振った。「ええ。その必要はありませんから……」

「なぜ？　さっきはあんなにしつこくお訊きになったのに」

「すみません。ボニー――ミセス・クイゼンベリーとひと悶着あったばかりだったので。彼女はとても熱心に時計を売りたがっていました」

「まあ？　それで、あなたは時計がダイアナのものになるべきだと思っているの？」

ジョニーは両手を広げ、一同を見た。ダイアナ・ラスクが気丈にいった。「わたし、トムと結婚していたわ。彼が出ていく前に。でも……時計はいらない」

ジョニーはうなずいた。「それはあんたの自由だ」

「お気づかいありがとうございました、ミスター――」エレン・ラスクは問いかけるようにジョニーを見た。

彼は息を吸った。「ジョン・フレッチャーです。彼はサム・クラッグ。もう行かなければ」

通りに出てから、サム・クラッグがいった。「で、これが何の役に立ったんだ？」

「ああ」ジョニーがいった。「情報が手に入ったのさ」

サムは渋い顔をした。「なあ、ジョニー、ここで探偵の真似事をしても仕方がないだろう。あの坊やは、ここから千五百マイル離れたミネソタで殺されたんだぞ。もう済んだことだし、おれたちにゃどうしようもない。自分たちのことに専念しないか？　いくらか金もできたし、これからもっと稼げる」

「確かにそうだな、サム。全部忘れて、自分たちのことを考えよう。まずは落ち着く先を探すことだ。列車に飛び乗り、街に戻ろう」

第十三章

タイムズスクエアでシャトル列車を降り、道を歩き出したとき、サム・クラッグがいった。「どこに宿を取る?」

「おいおい」とジョニー。「すぐそこが四十五丁目だぞ。四十五丁目には、いい四流ホテルがあるじゃないか」

「ああ! 〈四十五丁目ホテル〉か? ピーボディはおれたちを歓迎しないだろうな」

「だが、追い出すわけにもいかない。法に触れるからな。部屋代は持っている。だから……」ふたりは四十五丁目まで行って、東に曲がり、間もなくホテルに入った。

ベル・キャプテンが機械的に近づこうとして、急に足を止めた。「ミスター・フレッチャーに、サム・クラッグ。おやおや!」

「元気か、エディ」ジョニーはベル・キャプテンに挨拶した。「景気はどうだ?」

「悪かったですね……今までは。おっと……ボスが来た!」

〈四十五丁目ホテル〉のマネジャー、ミスター・ピーボディは、きちんとプレスしたスーツを着て、ボタンホールに白いカーネーションの花を飾り、彼らのところへ下りてきた。

「ミスター・フレッチャー!」彼は叫んだ。「どうしたんです? あいにくですな」

「何だって？　義理のおふくろさんが同居することになったのか？」

「ハハハ」ミスター・ピーボディは、面白くなさそうに笑った。「ご冗談ばっかり。いいえ、部屋のことをいってるんですよ。万博やら何やらで――最上階まで満室なんです」

「そっちこそからかうなよ、ピーボディ。五十室は空いているのは間違いない。今朝、感じのいい夫婦にここを紹介したんだ。アイオワから来たシュルツ夫妻だ。丁重にもてなしてくれただろうな？」

「ええ、ええ、もちろん」ピーボディは眉をひそめた。サムの手からぶら下がっている段ボール箱を、当てつけがましく見る。「それがお荷物ですか？」

「今のところはな。トランクはあとから来る」

ピーボディは唇をきつく結んで、かぶりを振った。「空き部屋はあるかもしれませんが、荷物がないのでは――」

「ちっ、ちっ、ピーボディ」ジョニーはポケットからくしゃくしゃの紙幣を出した。「金ならたんまりある。一週間分前払いしてもいい……このホテルは、ひどく金に困っていそうだからな。十一ドルだ。受け取れ」

「十五ドルです。部屋代が上がりまして……」

「十一ドルだ」ジョニーは頑としていった。「万博が開かれているからといって、おれたちの部屋代を上げることはない」

ミスター・ピーボディは、険悪な目でジョニーを見た。「ここで弱みを見せたら、あとで泣きを見るような気がするんですがね」

「ミスター・ピーボディ」サム・クラッグがいった。「カードの手品を見せてやろうか……」相手の険しい顔つきを見て、彼は顔をしかめた。「やっぱりやめておこう。あんたにゃユーモアのセンスがなさそうだからな」

「ユーモアのセンスがなかったら」ミスター・ピーボディは痛烈にいった。「この前あんなことをしたあなたがたを、またこのホテルで迎えると思いますか？……（『フランス鍵の秘密』参照）」

八二一号室で、ジョニーは上着を脱ぎ、腕まくりをしてバスルームへ行くと、顔を洗った。水を出したまま、彼は大声でサムにいった。

「電話帳で、クイゼンベリー時計社の住所を調べてくれ。それと、あのギリシア人、ニコラス・ボスの名前があるかどうかもな」

サム・クラッグがバスルームに入ってきた。「何だって、ジョニー？」

「クイゼンベリー時計社の住所を――」

「それは聞こえたよ。だが、ジョニー、この件は忘れると約束したじゃないか。おまえさんが探偵の真似事をすると、決まって悪い結末になる。ミネソタで危うくひどい目に遭いそうになったのを肝に銘じて、自分たちのことを考えようじゃないか」

「クイゼンベリーに興味があるんだ、サム。ジョン・スミスとジョン・ジョーンズのアリバイが、いつまでも持ちこたえるとは思っていないだろう？　ある晴れた日、誰かがドアをノックして、開けてみると男が立っていてこういうんだ。『ミスター・スミスとジョーンズですね。署長がちょっとお話を聞きたいというのですが』とね！」

「でも、ニューヨークにとどまる必要もないだろう。金も手に入ったし――」

「どれだけの金だ、サム？　もうピーボディに十一ドル払っちまったぞ。残りは五十ドル程度だ。それに、気の毒なモートはどうする？　あの高利貸しにいたぶられるのを許すのか？」

サムはたじろいだ。「叩きのめすことはできるが、ギャングがどんなものかわからないからな。やつらはこぶしで戦ったりしない……」

「その通りだ。おれたちがモートを巻き込んだんだから、助け出してやらなきゃ。彼が苦境を脱するまでは、ここにとどまる。モートには恩があるからな。あいつはいいやつだ……」

サムは疑わしげにジョニーを見た。やがて肩をすくめ、電話帳を手に取った。「あったぞ」しばらくして、彼はいった。「時計会社は十番街だ。今度はボスを調べてみよう。ボースと……ふむ、ニコラス・ボスとあるが、名前の後ろにbがついている。つまり会社《ビジネス》ってことだ。住所はウェストアヴェニュー……。何の会社だろう？　時計か？」

「いいや。あれは趣味だ。どうやらそのギリシア人は、趣味にたんまり金を注ぎ込んでいるようだ。時計ひとつに七万五千ドルってのを聞いただろう？」

「聞いたよ。それに、おれたちが一度はあの時計を手に入れたも同然だったのを思い出した。二百ドルあれば」

ジョニーは唇を曲げた。「どうしてあの坊やは、あれだけの価値のある時計を二百ドルで質入れしたんだろう？」

「たぶん、価値を知らなかったんじゃないかな」

ジョニーは肩をすくめて上着を着た。「まだ四時半だ。その時計会社に行く時間はあるな。どんな会社なのか見てみたい」

「わかったよ」サムはため息をついた。

彼らはホテルを出て、きびきびと七番街へ向かった。タイムズスクエアを突っ切り、さらに西へ。十番街に着くと、北へ曲がった。

ジョニーは口笛を吹いた。「あれだ！　一ブロックまるごとビルになっている。これだけのものを建てるには、シンプル・サイモンを山ほど作っただろうな」

「シンプル・サイモン？」

「おい、シンプル・サイモン・アラーム時計を見たことがないとはいわせないぞ、サム。アメリカのどこのドラッグストアでも売っている。一個一ドルで」

「ああ、あれか！　ある晩、猫に投げつけて、翌朝外に出て見てみたら、新品同様にちゃんと動いてたっけ」

ふたりはビルに入った。エレベーターの反対側で、受付係がマホガニーのデスクに座っている。

ジョニーはいった。「偉い人に会いたいんだが。一番偉い人にね」

「申し訳ありませんが」受付係がいった。「ミスター・クイゼンベリーは、今朝埋葬されたばかりで」

「知っている。だが、会社は営業してるんだろう？　責任者がいるはずだ。それに会いたい……」

「ええ、営業部長のミスター・タマラックがそれに当たると思いますが……お約束はおありですか？」

「時計を買おうというのに、約束が必要なのかな？　いいかい、おれは休暇で来ているんだ。ニューヨークへ来たのは万博見学のためだ。時計を買わなければならないわけじゃないが、ここにいる間にお宅の商品を見てみようと思ってね。今扱っているものよりもよければ……」

「かしこまりました。少々お待ちください……」

「名前はフレッチャーだ。フレッチャー・アンド・カンパニーの」口の端で、彼はサムにいった。「仲間《カンパニー》ってのは、おまえのことだ」

受付係の女性は電話をかけ、ジョニーを見上げた。「こちらのドアを抜けて、三番オフィスを訪ねてください。ミスター・タマラックは喜んでお会いになるそうです」

ドアの奥の廊下は上等な絨毯が敷かれ、パイン材の鏡板が張られていた。ジョニーは金色の「3」という数字がついたドアを開けた。

ウィルバー・タマラックが、巨大なデスクの後ろで立ち上がった。「ミスター・フレッチャーですね？　あなたと取り引きさせていただけるなんて、信じられません」

手を差し出され、ジョニーは握手した。タマラックが興味深そうに握り返し、ジョニーはうなずいた。「お目にかかれて嬉しいよ、ミスター・タマラック。こちらは友人のミスター・クラッグ」

「ごきげんよう、ミスター・クラッグ。よその町から来られたようですが」

「そうなんだ……。ええと、ミズーリ州のケイシーで」

「カンザスシティですか？　何と、カンザスシティにはしょっちゅう行ってますよ。お店はどちらです、ミスター・フレッチャー？」

「店？　店なんてないさ」

「通信販売ですか？」

「まさか」

タマラックは驚いたようだった。「しかし、ミス・サンプソンからは、あなたがたが時計業界の方だと聞きましたが！」

「どうしてそんなことをいったんだろう！」ジョニーが叫んだ。「ただ、時計を買いたいといっただけなのに」

「どういうことかわかりません。時計業界の方でないなら……」

「時計を買うのに、時計業界にいる必要があるのか、ミスター・タマラック？　家ではいつもシンプル・サイモン時計を使っているんだが、この前買ったのを分解して組み立て直したら、部品が余ってしまってね。それで、ニューヨークにいるうちに、ここへ来て新しい時計を買ったほうがいいと思ったのさ。友人のミスター・クラッグも、ひとつ買うよ。それで……二個買ったら多少割引になるかな……あるいは、こうして工場まで出向いてきたってことで……」

タマラックの顔は、たった今紫外線の日焼けマシンから出てきたかのように見えた。ぜいぜい息をしている。

「思い出したぞ」彼はだみ声でいった。「最初はその名前にぴんとこなかった。ミネソタでトム・クイゼンベリーと一緒にいたやつらだな」

「えっ！」サム・クラッグが息をのんだ。

「ミネソタ？」ジョニーが小声で訊いた。

タマラックが空中で手を振った。「そう興奮しなくていい。ダイアナ・ラスクにおまえたちのことを聞いたんだ。オハイオ州コロンバスで、彼女にどうやって質札を送ったかとか……その他もろもろ」

「ああ」と、ジョニー。「彼女を知ってるのか？」

タマラックは額にしわを寄せた。「ミス・ラスクはとてもいい友達だ。その他もろもろというのは

――ミネソタの保安官が電話してきたんだ。わたしはその情報を、エリック・クイゼンベリーに伝えた」

「なるほどな。じゃあ、あの事件のことは全部知っているわけだ」ジョニーは深く息を吸った。「いいかい、ミスター・タマラック、手の内をすべて見せよう。友人とおれは窮地に追い込まれてるんだ。ミネソタから逃げてきたんだよ。だが、おれたちは質札を、コロンバスでミス・ラスクに渡す義理はなかった。そのことから、おれたちがトム・クイゼンベリーを殺していないとわかるだろう……」

「おまえたちがやったとは思っていない。ダイアナはおまえたちが無罪だと確信していた。しかし……おまえたちふたりでなかったら、やったのはもうひとりの囚人ということになる……。その場には、もうひとりいたんだろう？」

「いた。そいつが警官を刺して、脱獄したんだ。おれたちはただ、やつのあとを追っただけだ。だが捕まらなかった。角を曲がったところに車があったからだ……」

「ダイアナがその車のことをいっていた。だが、すぐあとから追ったなら、ナンバープレートを見ているだろう……」

「ああ。半インチの泥に覆われていたよ。前の晩に用意していたんだろう。それと、シンプル・サイモンに一ドル賭けてもいいが、そのナンバープレートをつけていたのも二、三マイルのことだろう。あの浮浪者には、やけにおかしなところがあった。あの坊やもそれに気づいたんだろうな。でなけりゃ、夜中におれに質札を預けたりはしない」

「ふたりは、おまえたちが投獄される前からいたのか？」

「ああ。坊やは二日目だった。浮浪者は、一、二時間前だ。おれたちが……」ジョニーは咳払いした。

「あのじいさんが今くたばったのは、ついてなかったな」

「サイモンのことか？　彼はこの二年間、悪魔を騙してきたのさ」

「どういうことだ？」

ウィルバー・タマラックは肩をすくめた。「食えないじいさんだ。他人には容赦ないし、自分もそれを求めない。この世に友人がいたとは思えないね」

「仕事の世界でも？」

タマラックはかぶりを振った。「わたしのことをいっているなら、違う。わたしはサイモンが床に臥せってから、二年間この会社を切り回している。まったく思いがけないことだが――」彼は言葉を切り、抜け目なくジョニーを見た。「サイモン・クイゼンベリーは、どれだけの金を残したと思う？」

「五百万か、一千万かな」ジョニーはすらすらと答えた。

タマラックは意地悪く笑った。「みんなそう思うんだ。サイモンが一文無しで死んだと知ったら驚くかね？　この会社さえ、最後の一ドルまで抵当に入っているんだ」

ジョニーは目をしばたたかせた。「つまり、百万そこらしかなかったってことか？」

「千かそこらさ。サイモンは破産したんだ。この会社の収益も、最後の一ドルに至るまで抵当に入っている」

「それでも文無しとはいえないんじゃないか。郊外に二十部屋のお屋敷があって、五十万ドルはする高価な時計のコレクションもある……」

「全部抵当に入ってるんだ！　彼は時計のコレクションを抵当に五十万ドル借りている。あの男に金を貸すとは、馬鹿なギリシア人がいたものだ。まあ……ひとつ慰めがある。あの間抜けなエリックが、働きに出なければならなくなったことだ」

「彼はこの会社で働いているんじゃないのか？」

タマラックはせせら笑った。「それが訊きたいなら、椅子を温めているだけだ。サイモンはエリックに、切手を舐める仕事すら任せなかった。ついでにいえば、彼にそんな難しい仕事ができるかどうか疑わしいね」

「その口ぶりからすると、あんたはエリック・クイゼンベリーが嫌いらしいね」

タマラックは顔をしかめた。「そうとも。それに、あっちもわたしを嫌っている。なあ……おまえは何者なんだ、フレッチャー？　探偵か？」

「おれが？　まさか。おれは本のセールスマンだよ……」

「だったら、なぜあれこれ訊く？」

ジョニーはくすくす笑ってその場をあとにした。

ビルを出ると、サム・クラッグがいった。「これが何の役に立ったんだ？」

「サイモンが困ったじいさんだったのがわかった。それだけじゃない。タマラックは彼の葬式に行かなかった。それにタマラックは、エリック・クイゼンベリーのことも嫌っている。嫉妬しているんだ」

「いいとも、それはわかった。で、それで何かいいことがあるのか？」

「たぶん、ない」

ふたりは〈四十五丁目ホテル〉の部屋に戻った。ドアを閉めて一分ほどで、ノックの音がした。

「ピーボディだ」サムは鼻を鳴らした。「今度は何の用だろう？」

彼はドアへ向かい、開けた。ジム・パートリッジが、彼に向かってにやりとした。「やあ、でかいの」

サム・クラッグは喉の奥でうめいた。ジョニーがサムの肩越しに顔を出していった。「入れよ、パートリッジ。ちょうど探してたんだ」

パートリッジは部屋に入り、ドアを閉めた。「探しているだろうと思ったぜ」

「そうとも。びっくりさせて追い払いたくなかったから、ここまで尾行を許したんだ」

「えっ？」

ジョニーはうなるようにいった。「クイゼンベリー時計社の外をうろついていただろう。おれたちが出てくるのを見て、つけてきたに違いない」

「当てずっぽうだろう。おれは見られていないはずだ」

「ああ、見ていない。だけど、そうに決まってるんだ。おれたちがこのホテルにチェックインしたことは、誰も知らないんだからな。それで――何が狙いだ、パートリッジ？」

パートリッジは顎をこすった。「おれがコロンバスにとどまっているとは思わなかっただろう？」

サム・クラッグがうめいた。突然、パートリッジの両腕を押さえ込む。それから片手を離し、私立探偵をボディチェックした。結果、オートマチックがベッドの上に転がった。

「礼儀正しくいってくれりゃ、自分で置いたのに」パートリッジはいった。

「だろうな」とクラッグ。「だが、今日のおれは意地悪な気分だし、最初にあんたの顎を折りたくないんでね」

「あんたは手強いな」パートリッジは考え込むようにしていった。「ひどく手強い」

「座れよ、パートリッジ」ジョニーがいった。「話がしたい。コロンバスにいた頃よりもいろいろわかってきたんでね……。あんたの元奥さんに会ったよ」

「ボニータに？　彼女はどうしてる？」

「知らないのか？」

「もう五年、会っていない」

「彼女に雇われたんじゃないのか？」

パートリッジはくすくす笑った。「おれは自分のために働いてるんだ」

「ふざけるな！」

「信じても信じなくても構わないさ、フレッチャー。いつかボニータに訊いてみろ。だがあいつは、おれより話がしたい人間はたくさんいるというだろうよ。あいつのことなら何でもわかる」

「どんなことを？」

「そいつはおれの奥の手だ。なあ、フレッチャー、オハイオではあんたを見くびっていた。だが、ラスクの娘に時計を渡すとは、馬鹿なことをしたもんだ。大金になったというのに」

「その通り。だが、おれはあの娘に時計を渡した。だからどうした？……」

「サイモン・クイゼンベリーは大金と同じだ」

「もう一度考えてみろ。彼は一文無しで死んだ。残されたのがあの時計だ」

「いいや。やつには百万ドル相当の時計のコレクションがある。それに大きな屋敷と、いうまでもなくシンプル・サイモンの会社も。それだけでも馬鹿にはならないだろう」

「みんな抵当に入っているんだ。時計もろともね。ひとつを除いて——つまり、あのおしゃべり時計だ。彼はそれを孫息子に遺した」

「その孫はサイモンよりも先に死んだ」

ジョニーは考えにふけりながら、私立探偵を見た。「つまり、どういうことになる？　時計の所有権は家に戻るのか？」

「サイモンの遺言状の文言による。とにかく、あの時計だけで莫大な金になる。おれならそれを手に入れられるだろう」

「奥の手のボニータを使ってか？」

パートリッジは顔をしかめた。「おまえたちはあの女を知らないんだ。おれはあいつと結婚していたんだぞ。あそこに真鍮の灰皿があったのを覚えてるか？　それだってボニータに比べたらやわなもんさ。あいつは自分のことしか考えていない。終始一貫してね」

「そんな気がするな。今の旦那のエリックには、猫の群れに囲まれたネズミほどの勝ち目もない。だが今のところ、ボニータは身動きが取れないようだ。彼女にできることは何もない……夫を捨てること以外は」

「最後の一ドルまでむしり取ったら捨てるだろうな。それまではない。ボニータは手強い女だ、フレッチャー。だが、おれが彼女をしつけたといったら信じるか？」

「つまり、あんた自身も手強いってことか？」

パートリッジは控えめに笑った。「四年前のモナハン＝ロイスター事件を覚えているか？　おれがモナハンをつかまえたんだ」

「なるほど」ジョニーが相槌を打った。「あんたは手強い。それで？」

「それで、おれたちは手を組んだらどうかと思うんだ。クイゼンベリー時計社で何をしていた？」

「シンプル・サイモン時計を買おうとしたんだ」

パートリッジの目が光った。「何が知りたい、フレッチャー？　一度は時計を手に入れたのに、あの娘に譲っただろう。だったら、なぜこのあたりをうろうろしている？」

「なぜって？」ジョニーがいった。「一緒に刑務所に入っていた若者が殺され、ミネソタの警察はおれとサムがやったと思ってる。そうじゃないってことを証明したいんだ」

「それはミネソタの話だ。ここはニューヨークだぞ」

「殺人容疑で引き渡すこともできる」

「ああ」ジム・パートリッジは考え込みながらいった。「そうだな」

「変な考えを起こすなよ、パートリッジ」サム・クラッグがうなるようにいった。

「ところで」とジョニー。「九月十九日にどこにいたか証明できるか？」

「ミネソタにはいなかったぜ」

「いなかったという証拠はあるか？」

「いたという証拠は？」

「ない」ジョニーはいった。「だが、サムとおれは断言できる。刑務所で一緒だった男――警察官を刺したやつ――が、顔を洗っていないあんたにものすごく似てるとね。いいたいことがわかるか？」

「心配するな。あんたたちのことを警察にチクったりしないよ。このゲームには興味があるし、警察抜きで勝負するつもりだ。だが、このことはいっておこう。おれは手強い相手になるぞ」

「上等だ」サム・クラッグがいった。「おれたちも同じさ。それに、警告で済んでいるうちに、おれからもいわせてもらおう、パートリッジ。次におれたちが近づいてくるのを見たら、通りの向こうへ行くんだな」

パートリッジは冷ややかに笑った。「おれの武器を返してくれないか？　どのみち弾は入っていない」

ジョニーはベッドからオートマチックを取り上げ、弾倉が空なのを確かめた。彼は銃をパートリッジに放った。

「じゃあな、パートリッジ」

「しばしの別れだ。その辺で会うかもしれないからな」彼は当てつけがましくサム・クラッグを見た。

「おふたりさんにね」

彼が出ていってから、サム・クラッグは身震いした。「何となく、パートリッジは卑劣なチンピラのような気がするな」

「思い出したぞ。モナハンは人殺しで、手荒な連中を何人か連れていた。パートリッジはそのアジトへ行き、ごろつきのひとりを殺して、モナハンを叩きのめした」

「それで、やつが元女房についていったのを聞いたか？」

「しつけをしたとかいう話か？　今朝のあの女の顔を見ただろう？　やつの名前を出したとたん、恐ろしさで身動きもできなくなっていた。おれが何か口走ったのかと思ったが、たぶんパートリッジが怖かったんだろう。さて、そろそろ飯でも食わないか、サム？」

「望むところだ。まだあの貧しい日々から立ち直っていないからな。うまくて分厚いステーキだ。タマネギで蒸し焼きにしたやつ……それと、デザートにはポークチョップを……」

第十四章

翌朝、ジョニーはベッドに横になったまま、起きて着替えようか、はたまた朝食を部屋に運ばせようかと考えていた。首を回すと、ドアの下から新聞が覗いていた。しばらくそれを眺めたあと、起きて状況を確かめたほうがよさそうだと判断した。

新聞を取り、ベッドに戻った。ツインベッドの窓に近いほうでは、サム・クラッグが上掛けをはいで仰向けに寝そべっている。パジャマは着ず、広い胸がリズミカルに上下していた。

ジョニーは新聞に目を通した。イギリスはドイツをひどい目に遭わせ、ドイツはイギリスを叩きのめした。イギリスはたった一機の犠牲でドイツの戦闘機を十四機落とし、ドイツはわずか二機の犠牲でイギリスの戦闘機を三十四機落とした。

それから、一面の下半分を占める記事が彼の目を惹いた。

「有名なおしゃべり時計、盗まれる」

「ヒルクレストのクイゼンベリー家の屋敷に強盗」

記事によれば、クイゼンベリー家の土地管理人であるジョー・コーニッシュが、真夜中過ぎにクイゼンベリーの屋敷に入った強盗と鉢合わせしたという。彼は犯人と格闘になったが、相手の力が勝り、取り逃がしてしまった。その出来事は屋敷の所有者、エリック・クイゼンベリーに報告され、屋敷を調べたところ、驚いたことに金庫が破られ、有名なおしゃべり時計がなくなっていた。最近死去した所有者のサイモン・クイゼンベリーによれば、十万ドルの値打ちがあったという。有名な時計コレクションの大半は、鍵をかけて保管されていなかったが、強盗はそれらには手をつけていない。

ジョニーは新聞紙を丸め、それでサム・クラッグの裸の胸を叩いた。「起きろ、サミー！　お日様は昇り、早起き鳥は虫を食べつくしたぞ……。おれたちは出し抜かれたんだ」

サム・クラッグは起き上がり、寝ぼけながらまばたきした。「あーあ！」彼はあくびをした。「どうしたんだ？　ちょうどフロリダにいる夢を見て、三十二倍の馬に賭けたってのに――」

「で、その馬が直線で転んだんだろう！　この新聞を見ろ、サム。おしゃべり時計がクイゼンベリー家からかすめ取られた」

「はあ？　ってことは……ジム・パートリッジか？」

「コーニッシュのやつが証言した、強盗の特徴を読んでみろ。ひとりは背が高く痩せ型で、もうひとりはそれよりも背が低く、がっしりしている。人並外れて力がある……」

「おい！　そりゃ、おれたちのことじゃないか」

「真夜中頃、おれたちはクイゼンベリーの屋敷にいたか？」

「ここで寝ていたじゃないか」

「そうとも。だから、そう伝えにいこうじゃないか」

サムは尻込みした。「そいつはいい考えかな？　コーニッシュはおれたちだというかもしれない。おれたちのどっちも、よく思っていないようだからな」

「こっちだってよく思っていないさ。だが、おれたちだとはいわないだろう。やつは強盗に見覚えがあるとはいっていない。そうだろう？　それに……この強盗騒ぎには、ひどくいんちき臭いところがある。犯人はなぜほかの時計に手をつけなかった？　覚えているだろう、あの中には、おしゃべり時計より見栄えのするものもあった」

「だが、あれ以上の価値があるものはない」

「それがわかるのは時計の専門家だけだ。あるいは、おしゃべり時計のことを知っているやつか」

ジョニーはベッドを飛び出し、バスルームへ向かった。しばらくして出てきた彼は、着替えはじめた。「急げ、サム」彼はいった。「今日は忙しくなるぞ……」

そのときだった。ドアをこぶしで叩く音が響きわたった。ジョニーはズボンを穿き、シャツのボタンを留めた。靴は履かないまま、ドアを開ける。

「誰だ？」

「おれだよ」声はジム・パートリッジのものだった。

「ああ、くそっ！　朝食もまだなんだぞ」それでも、ジョニーはドアを開けた。そしてすぐに後悔した。

パートリッジは仲間を連れていた。サム・クラッグより二十ポンドは体重があり、元プロボクサーかレスラーなのは間違いない。普通の喧嘩で、こんなぼこぼこの顔と腫れた耳になるはずがなかった。

サムがうなり声をあげはじめた。

「落ち着けよ」ジム・パートリッジがいった。「ごたごたを起こそうっていうんじゃない。今のところはな。こいつはおれの部下だ。ハッチと呼んでくれ」

「名前はハッチンソンだ」ハッチがいった。「エドガー・ハッチンソン。だが、エドガーとは呼ぶな」

「黙れ、エドガー」パートリッジがいった。「なあ、フレッチャー、新聞を受け取っただろう。時計の記事を読んだな」

「ちょうど読み終えたところだ。どうしてこんなことをした、パートリッジ?」

「夜警の証言が、あんたたちに当てはまっていたからな」

「おれたちは真夜中には寝ていた」

「ベル・キャプテンはそういっていた。ここへ来るときに訊いたんだ。だが、あんたが袖の下を握らせた可能性もある。最初から最後まで、あんたに味方しているようだったからな」

「エディ・ミラーか? ああ、彼はおれのために働いているも同然だ。マネジャーのピーボディもな。要点をいえ、パートリッジ」

「わかったよ。あんたは時計を盗んでいないし、おれも盗んでいない。じゃあ、誰が盗んだ?」

「たぶん内部の犯行だろう。おまえさんの元……」

パートリッジは相手をにらみつけた。「その可能性もあるが、夜警の描写は――」

「夜警はボニータのお友達なのかもしれない」その推測がどれほど当たっているか、ジョニーにはわからなかった。

「どんな男だ?」

「知らないのか?」

パートリッジはぶつぶついった。「どうしてわかる？　あの家に行ったこともないのに」

「コロンバスじゃ、クイゼンベリー家の代理人だといったじゃないか」

「それはコロンバスでの話だ。おれは誰にも雇われちゃいない、フレッチャー」

「まあ、気をつけたほうがいい。うかうかしてると、自分で自分の首を絞めることになるぞ」

サム・クラッグがせせら笑い、パートリッジは顔をしかめた。「冗談はよしてくれ、フレッチャー。おれはまだ、クイゼンベリーの屋敷へ行く準備はできていない。おまえたちが行って、どうなってるか見てきたらどうだ？」

「いいや、パートリッジ。あんたは確かにサルみたいだが、今日は栗は売り切れなんだ。おれも誰にも雇われていないんでね」

「考えていたんだが」パートリッジはわざとらしくいった。「九月二十九日にはアリバイがある」

ジョニーはあからさまにハッチを見た。「リングネームは何だったんだ、でくのぼうさんよ」

「でくのぼうだと？」ハッチが金切り声をあげた。「きさま——」

サム・クラッグが一歩前に出て、ハッチのこめかみを拳で殴った。ハッチはよろめき、壁に当たってまた戻ってきた。サムはほとんど苦もなく、その顎をぶん殴った。ハッチは顔から床に倒れ込んだ。

その間、ジョニー・フレッチャーはジム・パートリッジに近づき、パートリッジの動きを封じた。

パートリッジは手下がどんな目に遭っているかを見て、鼻を膨らませた。ハッチが床に倒れると、彼はいった。「こいつはくびにしたほうがよさそうだな。任せろといっていたのに」

「おまえさんはどうだ、パートリッジ？」サムが誘った。「なかなかいい体をしてるじゃないか……」

「メリケンサックが手に入るまではやめておくよ」

ジョニーがサムに合図すると、大男はパートリッジの後ろに回り、両手を封じた。ジョニーがパートリッジのオートマチックを取り上げ、怒鳴った。「今日は弾が入ってるようだな」

彼は弾倉を取り出し、ごみ箱に投げ込んだ。パートリッジの身体検査を続ける。私立探偵のポケットに入っていたものはすべて戻したが、くしゃくしゃになった電報だけは別だった。

「よく聞け、サム！」彼は声を張りあげた。「『ニューヨーク、ソレンソン・ホテル、ジェームズ・パートリッジ殿　質問に回答す。スミスにもジョーンズにも興味なし。検死審問はクイゼンベリーの自殺と判断。フィッチはかすり傷。さらに、当郡にはニューヨークまで警察官を派遣する予算なし。ミネソタ州ブルックランド郡、ドリトル保安官』」

「汚いやつめ！」サム・クラッグがののしった。

「こいつの脅しには、どこかうさん臭いところがあると思っていた。ゆうべから町にいなかったアリバイを作る時間もなかったし、アリバイなくしておれたちを訪ねたりはしないだろう」

「懲らしめてやろうか、ジョニー？」

「あんたたちのほうが一歩先を行っている」パートリッジが答えた。「二歩にしないほうがよさそうだな」

「この電報は信用できないな、ジョニー」サムがいった。「自分で自分の首を絞めて死ねるか？」

「自殺じゃない。殺されたのは間違いないさ。あの田舎の郡は、犯人を引き渡して起訴する金を払いたくないだけだ。自殺が一番安上がりなのさ」

「おれにぶつかってきたトラックはどこだ？」ハッチがぶつぶついいながら身を起こした。パートリッジがその脇腹を蹴った。「立て、弱っちいボクサーめ！」

八二一号室のドアを拳が撫で、ミスター・ピーボディの声がした。「ミスター・フレッチャー、そこで何をしているんです？　この大騒ぎで、お客様から苦情が来ていましてね」

ジョニーはドアを開けた。「ああ、おはよう、ミスター・ピーボディ。ちょっと日課の健康体操をやってただけだ……」

ピーボディは、よろよろと立ち上がろうとするハッチを見た。

「体育の講師さ」ジョニーがいった。「毎朝ここへ来て、トレーニングをさせてくれる。また明日、ええと、先生」

ジム・パートリッジはハッチの腕をつかみ、ピーボディの脇をすり抜けて廊下へ出た。ピーボディはまだジョニーをにらみつけている。

「わたしが間違っていたとわかりましたよ、ミスター・フレッチャー。また何かに首を突っ込んでいるんですね……」

「おいおい、ミスター・ピーボディ」ジョニーはとがめるようにいった。「あんたは一週間分の宿代を前払いする客に、感謝の気持ちがないんじゃないかという気がしてきたぞ……」

「ああ！」ピーボディは叫び、肩をすくめて背を向けた。

サム・クラッグが足でドアを閉め、ドアは大きな音を立てた。「これで一件落着だ、ジョニー。ミネソタ州がおれたちを追いかけていないなら、クイゼンベリーの件から手を引ける」

「何をいう」とジョニー。「法が犯人を罰しないなら、一般市民がやるしかない。おれとおまえがな、サム――」

サムは両手で頭を抱えてうめいた。「またしても厄介事だ！」

十分後、ふたりはホテルを出て、角のスタンドでオレンジジュースにドーナツふたつ、コーヒーという朝食をとった。食べ終わると、ジョニーはタクシーを止めた。

乗り込みながら、サムがぼやいた。「十セントの朝食に、今度はタクシーか……」

「急いでるんだ。ウェストアヴェニューへやってくれ、運転手さん」

「時計コレクターの男か？」

「そうだ。今日のあいつが、上機嫌なのか怒り狂っているか確かめたい。昨日はずいぶんとあの時計にご執心だったからな」

二十分後、ふたりはハドソン川の埠頭に面した高いビルの前でタクシーを降りた。ジョニーはタクシー代を払い、チップを五セント渡したが、運転手はそれにぶつぶついった。それから、ジョニーはビルを正面から見た。

「エーゲ海海綿会社」ビルの玄関の横に掲げられた、真鍮の銘板を読み上げる。「社長、ニコラス・ボスか。変わった時計に七万五千ドル払えるほどの海綿を、この国で売ったとは思えないな」

彼らはビルに入った。ロックフォールチーズのような顔色の出っ歯の受付係が、ふたりの名前のスペルを尋ね、誰かに電話した。しばらくして、彼女は送話口を押さえていった。「どういったご用件ですか？」

「時計だ」ジョニーがいった。「昨日、ヒルクレストでミスター・ボスに会った」

彼女はその情報を伝え、やがてうなずいた。デスクのそばのドアがぱっと開き、オリーブ色の肌をしたニコラス・ボスが、両手を広げて迎えた。

「お入りなさい。お目にかかれてよかった。さあ、どうぞ入って！」

ふたりは海綿輸入業者に続いてオフィスに入った。そこには四十から五十の時計が、正確な時を示していた。九時四十八分。

ボスはドアを閉め、熱っぽくふたりを見た。「それで？　売りに来たんだろう……」

「売るって何をだ、ミスター・ボス？」

「時計では？」

「おしゃべり時計か？」

ニコラス・ボスはよだれを垂らさんばかりだった。「持っているのか……」彼は小声でいった。

「いいや」ジョニーはいった。「あれはゆうべ、クイゼンベリーの家から盗まれた」

輸入業者のオリーブ色の顔に、落胆の色が浮かんだ。「しかし、新聞で読んだんだ。あれはきみたちでは……」

「どうしておれたちが盗んだと思うんだ？」

「だけど、きみらはいわゆる――いいいいいかかかものだろう。昨日、きみたちを見て、今朝、新聞を読んで、あのじぇんかものが盗んだと思ったんだ……」

「おれはあんたが時計を盗んだと思ったよ」ジョニーがずけずけといった。

「それに、おれたちは前科者じゃない」サムがつけ加えた。

「ああ！　それは失礼。しかし、ミセース・クイゼンベリーの話では……」

「おれは紳士なので、女性を悪くいうことはない」ジョニーがいった。「だが、あのミセス・クイゼンベリーは、おれのポケットから金をくすねた職業ダンサーを思い出させるよ」

「じゃあ、時計は持っていないんだな？」

「そういうことだ、ミスター・ボス。ここへ来たのは、あの時計について情報を仕入れるためさ。どこにそんな値打ちがあるんだ?」

「おしゃべり時計だからだ」

「百ドルあれば、小さな蓄音機を作ってシンプル・サイモン時計に仕込める。おしゃべりはしても、それほど価値はないはずだ」

「しかし、あの時計はとても古い。三百年前か、四百年前か――」

「五百年前か」サム・クラッグが調子を合わせた。

「五百年? いいや、それほど古くはない。美しい品だ。細工もすばらしいし、宝石も……それだけで相当の価値がある」

「溶かしたら、どれくらいの金になる?」

「溶かす?」ボスはぞっとしたように目を見開いた。「あの美しい時計を溶かすなんて、ミスター。とんでもない。そんなことをしちゃいけない!……」

「溶かしゃしないよ。時計を持っていないんだから。ただ、古金のような価値があるのか知りたかっただけで……」

「古金? ああ、それほどじゃない。宝石には、たぶん五千ドルの価値はあるだろう。しかしわたしは、五万ドル出す――」

「昨日は七万五千といってたじゃないか」

「そうだ。時計のためなら七万五千ドル出す」

「探偵を雇って探すといい、ミスター・ボス」

「探偵？　警察官のことか？」

「いいや、私立探偵だ。たくさんいるのは知ってるだろう。彼らは町のためでなく、あんたのために働く。すごくいい人材がいるんだ……一日につき百ドルかそこらで、任務を完了したら、ささやかな成功報酬をもらうだけでいい……」

「いい探偵を知っているのか？」

ジョニーは両手を広げ、控えめにそれを見た。「おれは探偵として実績を残している。知ってるだろう、オハイオ州で時計を見つけ出し、ダイアナ・ラスクに返したことを……」

「ああ、話は聞いた。よし！　やろう。きみを雇って、おしゃべり時計を見つけ出す。それを持ってきてくれたら、たんまりボーナスをやろう……。一万ドルほどか」

「それと、一日につき百ドルだ」

ボスは一瞬顔をしかめ、それから笑顔になった。「わかった、それも払おう。どれくらいかかりそうだ？」

「五日か六日ってところだろうな……運がよければ」

「いいだろう。きみを雇おう」

「二日分を前払いしてもらえるかな？　そういう習わしでね。依頼料みたいなものだ……」

海綿輸入業者は懐のポケットから平たい長財布を出し、紙幣を二枚取り出した。それぞれ額面は百ドルだった。

彼は大きな笑みを浮かべ、白い歯をむき出しにした。「賭け事は好きかね、ミスター・フレッチャー？　コイン投げで当たれば二倍、外れればゼロというのはどうだ？」

「やばいぞ、ジョニー」サム・クラッグが口の端からこっそりいった。

ボスは五十セント硬貨をポケットから出した。「どっちだ?……」

「裏だ」ジョニーがいった。

ボスは硬貨を宙に投げ、それをつかむと、左の手の甲に押しつけた。手を外す。「表だ。残念だったな……」

サムが文句をいった。「土壇場で助かったと思ったのに、このざまだ……」ポケットからカードの箱を出す。「小銭はどれだけある、ジョニー? それを賭けて、ミスター・ボスより強い札を引こうじゃないか。な?……」彼は半分顔をそむけ、ジョニーにウィンクした。

ジョニーは考え込むようにしばらくサムを見たが、全財産を引っぱり出した。五十ドル数え、二ドルと数枚の硬貨をポケットに戻した。

「五十ドルを賭けて、あんたより強い札を引いてやる、ミスター・ボス」

「もちろん応じよう」

サムはカードをリフルシャッフルで切り、まとめて、輸入業者のデスクに音を立てて置いた。

ボスは片手をカードに置き、押さえつけ、それからふたつに分けた。引いたカードはスペードのエースだった。

サムはぞっとしたように声をあげ、全身を震わせた。

「さあ、引け」ジョニーが冷静にいった。「おまえもエースを引いて、引き分けになるかもしれない」

「そうとも」ニコラス・ボスは浮き浮きしていった。

サムの震える手が、残ったカードを探った。ようやく引いた一枚は、ダイヤの三だった。

「そっちの勝ちだ」彼はくぐもった声でいった。

「楽しかったろう？」ボスは嬉しそうに笑った。「いつかわたしのアパートメントでポーカーをやろう。わたしはギャンブルが好きなんだ」

「おれたちもね」ジョニーはサム・クラッグをにらみつけながらいった。

通りに出ると、ジョニーはサムの腕を乱暴につかんだ。「この馬鹿！　何だってあのカードを出したんだ？」

「そいつはカードの順番を変えてあったんだ、ジョニー！」サムがあえぎながらいった。「お――おれが仕込んどいた。自分がエースを引けるように。なのに、やつに先を越された」

「汚いやつめ――！」ジョニーがののしった。「出し抜かれっぱなしじゃないか。あのコイン投げだって気に食わない」

「おれもだ。コイン投げのことを本で読んだんだが、六通りか七通りの必勝法があった。それで――それで、カードを試そうと思ったんだよ」

ジョニーは残った金を出し、サムにくしゃくしゃの札を一枚渡した。「ふたりしてヒルクレストに行くには足りない。おまえはここにいろ。食事代だ。気楽にやってろ」

サムは意気消沈のあまり、ジョニーがヒルクレストへ行くのに反対もできなかった。ただ、弱々しく訊いた。「いつ戻ってくる？」

「おまえがおれの顔を拝むときだ」ジョニーはぴしゃりといった。「モートのところへ行って、本を仕入れておいてもいいぞ――」

「しまった！」サムが大声をあげた。「今日、あいつのところに金を持っていくことになっていたんだった」

「金はなくなった。おまえと、そのカードのおかげでな。モートにそういえ。残りの手品を見せてやるといい。カーメラにもな。おまえがいるうちに来たらの話だが。……じゃあな、サム……」

ジョニーは目指す地下鉄に向かった。

第十五章

　ジョニーがグランドセントラル駅に着いたときには、ヒルクレスト行きの列車はちょうど出たところで、次の列車まであと一時間二十分あった。苛立った彼は、電話ボックスの列に向かい、職業別電話帳をめくった。しばらくして満足げにうなずき、駅をあとにする。

　レキシントン街で北行きのバスに乗り、六十丁目へ行った。そこで飛び降り、少しあと戻りして、ある店の間で立ち止まった。陰気なウィンドウは、すっかり時計に埋め尽くされている。彼は階段を数段下り、店のドアを開けた。

　いくつもの時計が時を刻む音が、彼の耳を襲った。白い山羊ひげを生やし、黒いスカルキャップをかぶった年輩の男が、時計がひしめく長いカウンター越しに彼を迎えた。

「ミスター・マカダム?」ジョニーはいった。「『デイリー・ブレイド』から来ました。時計の記事を書いていて、ニューヨークではあなたが第一人者だと聞きましてね。それで、いろいろと教えてもらえないかと思って……」

「時計についてかな? もちろんだとも。どうやらクイゼンベリーのおしゃべり時計のせいで、急に時計に関心が集まるようになったのではないかな、ミスター――?」

「フレッチャーです。お察しの通りですよ、ミスター・マカダム。ローカル記事の編集者が、時計のことを提案してきたんです。彼はクイゼンベリーの時計が、家族がいうほど価値のあるものではないと思っていましてね」

マカダムは肩をすくめた。「時計の価値は、売り手にいくら入るかで決まるものだ。切手や珍しいコインと同じだよ。クイゼンベリーの時計は見たことがある。間違いなく、十六世紀の職人の手になる本物だ。時計史によれば、セビリアでイサベル女王のために作られたものだ」

「イサベル女王？　それは面白い。すると、四百年前の時計ということですか？」

「もう少し古いな。恐らく一五〇六年前後に作られたものだろう。もちろん、時計の主な部分ということだがね」

「改造されたということですか？」

マカダムはにやりとした。「いずれにせよ、トーマス・エジソンが蓄音機を発明したのは、四十数年前のことだからな」

ジョニーは悔しそうにいった。「そいつは考えていなかった。でも、わたしもその時計を見たんですよ、ミスター・マカ――」

「いつだ？　時計はなくなったはずだ……」

「そうですとも。ええと……時計を見たのは数か月前です。別件で、サイモン・クイゼンベリーにインタビューに行ったんですよ。彼はその時計を部屋に飾っていました。四時になると扉が開き、小さな人形が出てきて台詞をいいました」

「人形は元から時計にあったものだ。それは変わっていない。当初はチャイムが『アヴェ・マリア』を演奏した。わたしにいわせれば、改造すべきではなかったが、サイモンはいつでも思いつきに熱中するたちで、チャイムの代わりに蓄音機を仕込んだ。当時はまだ蓄音機も珍しくて、彼が見せびらかすたびに、時計は大いに注目を集めていた」

「見せびらかしていたとは思いませんでした」

マカダムは山羊ひげをそっと引っ張った。「コレクションを見せびらかさないコレクターがいるかね？　そんなやつはいないよ、ミスター・フレッチャー」

「そのようですね。さて、ミスター・マカダム、あの時計に、本当に十万ドルの価値があると思いますか？」

「十万ドル！……何の話をしているんだ？」

「ニコラス・ボスはすでに、遺族に七万五千ドル払うと言っています。しかし遺族が十万ドルといって譲らないんです……」

「馬鹿馬鹿しい！　五千ドルがいいところだ。一万以上はないね」

「しかし、ボスに聞いたら——つまり、信頼できる筋から聞いたところでは、ボスは実際にその値段を持ちかけているんです」

「宣伝用の付け値だよ、ミスター・フレッチャー。信じちゃいけない。ボスらしい話だ。やつははったり屋だからな。ただで宣伝になると思えば、時計の価値よりも多少は高く払うかもしれないが、あんたのいったような額は払いっこない。散々値切るだろうよ。わたしも彼に時計を売ったことがあるのでね」

「なるほど」とジョニー。「それは新たな見方ですね。さてと、教えてもらいたいのですが、サイモンのコレクションは素晴らしいものですよね？　どれくらいの価値があると思われますか？」

「女帝エカテリーナの有名な卵時計が含まれていれば、五十万ドルでも安いだろう」

「待ってください！　女帝エカテリーナの卵時計って何なんです？」

「実際には携帯用の時計だ。それに使われているルビーは、それだけで十万ドルはするだろう」

「ああ」ジョニーがいった。「でも、おしゃべり時計にも宝石は使われていますよね……」

「小粒のがね。歴史を考えてみれば、イサベル女王は裕福ではなかった。彼女は宝石を質入れして、コロンブスの遠征資金を出したんだ。おしゃべり時計はせいぜい一万ドルだと、わたしは今も思っているよ。女帝エカテリーナの卵時計は別物だ。だがそれも、価値があるのは時計ではなく、ルビーのほうだ」

ジョニーはマカダムの後ろにある時計を見た。「ありがとうございました、ミスター・マカダム。もう行かなくては」

「そう急ぐことはない、ミスター・フレッチャー。わたしはそれほど忙しくないし、時計にまつわるデータをもう少し見せてやろう……」

「申し訳ありませんが、締切がありますので」

「ああ、なるほど。まあ、また来なさい。記事はいつ新聞に載るのかな？　今日の夕刊か？」

「ああ――いいえ！　これは日曜版の特集記事でして。本当にどうもありがとうございました、ミスター・マカダム」

ジョニーは店を飛び出し、運よく街角でグランドセントラル駅に戻るバスをつかまえた。二分の余裕で、ヒルクレスト行きの列車に乗る。

ヒルクレストのビジネス街を、ラスク家のアパートメントに向かったジョニー・フレッチャーは、ダイアナ・ラスクが道の反対側を歩いているのを目にした。道を横切り、彼女に近づく。

「おはよう、ミス・ラスク。ちょうどきみを訪ねにいくところだったんだ」

「ミスター・フレッチャー！　あなたとどうやって連絡を取ろうかと思っていたの。聞いたでしょう――時計のことを？」

「だからここへ来たんだ。一緒に歩いてもいいかい？」

「これから〈時計屋敷〉へ行くところなの」

「〈時計屋敷〉？　クイゼンベリーの家か？　そりゃあいい。お供するよ。あとで行こうと思ってたんだ。……強盗のこと、どう思う？　新聞によれば、夜警が――」

「あなたに夜警と呼ばれたと知ったら、コーニッシュは侮辱されたと思うでしょうね。彼は土地管理人よ。ええ、彼のいう特徴を聞いたわ――襲撃者の」

「おれはそのときには〈四十五丁目ホテル〉で寝ていた。証明もできる。けれど、そのコーニッシュってやつのことを聞かせてくれ。彼はどれくらい前から屋敷で働いている？」

「二、三年前からよ。彼は……」ダイアナは皮肉そうな顔をした。「意地悪に聞こえるかもしれないけれど、ボニータ――つまり、ミセス・クイゼンベリーは、ジョー・コーニッシュのほうが好きだといってもいいんじゃないかしら？」

「ほほう！　おれも昨日、そんなところじゃないかと思ったんだ。ところで、それはジム・パートリッジへの当てつけじゃないかな？」

「パートリッジ！　彼がここにいるの？」

「もちろんだ！　今朝一番で、ホテルにゴリラを連れてきた。ゴリラはサムがやっつけたがね」

「彼がこの件に関心を持つとは思えないわ。でもボニータが……」

「やつは違うといっていた。それに昨日、ボニータの前で彼の名を出したら、彼女はすっかり参ったようだった。パートリッジの名を聞いただけで震え上がっていた」

ダイアナのすべすべした額にしわが寄った。横目でジョニーをちらりと見てから、まっすぐ前を向く。

「昨日、あなたが帰ってから、ミスター・クイゼンベリーが会いにきたの。彼は――わたしとトムの結婚について訊いてきたわ」

「エリックに打ち明けたのか？」

「秘密にしておく理由がないもの……今となっては」

「彼は何といってた？」

「ええ……とても好意的だったわ。反対しているのは、ミスター・クイゼンベリーではないの……」

「ああ、心優しきボニータか。彼女なら、いきなり義理の娘が登場しても、うまくやっていけると世間は思うかもしれない」

「ボニータが何歳だと思ってるの？」

ジョニーは唇を突き出した。「ああ、三十くらいかな。たぶん三十二、三かも」

ダイアナは馬鹿にしたように笑った。「男が女のことをどれだけ知っているか、これでわかるわ。ボニータが喜ぶでしょうね。彼女はわたしの母とそう変わらない年よ」

「へっ？　彼女は――そうは見えなかったな」

「そう見えないために努力しているのよ。わたし――わたし、あの人が嫌い。彼女がいなければ、トムだってあんなこと――」

ジョニーは素早く話題を変えた。「ところで、ニコラス・ボスという時計コレクターに会ったことはあるかい？」

彼女はぱっと笑みを浮かべた。「一度か二度。彼はときどき、ミスター・クイゼンベリーを訪ねてきていたわ」

ふたりは険しい坂を登り、〈時計屋敷〉の門まで来た。その頃には、ジョニーはまたしても、屋敷から放射状に伸びる奇妙な舗装道路に魅了されていた。

「なあ」彼は叫んだ。「この道は、まるで時計の文字盤のようじゃないか」

「そうよ」ダイアナがいった。「それでこの家は〈時計屋敷〉と呼ばれているの。こんな道が十二本あるのよ……。この道は六時、右手に伸びるのは五時という具合よ――シーッ！」

ジョー・コーニッシュが小屋を出てきた。右の頬骨のあたりに絆創膏を貼っている。

「おはよう、ジョー」ダイアナがいった。「ミスター・クイゼンベリーが、わたしを待っているはずだけれど」

「おはよう、ミス・ラスク」コーニッシュは門を開けたが、むっとした表情でジョニー・フレッチャーを見た。

「やあ、コーニッシュ」ジョニーがふざけた口調でいった。「ゆうべ、強盗と小競り合いがあったようだな」

コーニッシュは口元を歪めた。「ああ……。あと少しでつかまえるところだった。そのうちひとりの外見は、まるで……」彼は肩をすくめた。

ジョニーはウィンクし、不愛想な土地管理人の横を通った。私道を歩いていると、エリック・クイゼンベリーがベランダの籐椅子から立ち上がり、ふたりを迎えた。

「おはよう、ダイアナ」彼は目を細くしてジョニーをじっと見た。「それと、ミスター・フレッチャー」

「来るのが早かったでしょうか？」ダイアナが訊いた。

「いいや。ミスター・ウォルシュはもう来ているよ。彼は中で——ボニータと一緒にいる。ええと、ミスター・フレッチャー、少し外で待っていてもらっても構わないかな？　その——ミスター・ウォルシュというのは父の代理人で……」

「いいとも。ここに座ってるよ」

エリック・クイゼンベリーはダイアナ・ラスクを家に入れ、ジョニーは籐椅子に腰を下ろした。その位置からは、傾斜した芝生と、屋敷の前を走るヒルクレストの道路に通じる私道が見下ろせた。敷地をパイのように分割する舗装道路は、ジョニーを魅了した。六時の私道は家に通じている。ジョニーからは四時、五時、それから七時、八時の私道が見えた。

ジョニーは、サイモン・クイゼンベリーが時計に手を出していなければ、どうなっていただろうと考えた。彼はシンプル・サイモン時計を、アメリカ国内と数多くの国々の家庭の半分に行き渡らせた。それでは飽き足らず、五十万ドル相当のアンティーク時計を蒐集し、最後には自分の住まいにまで時計というテーマを持ち込んだ。

彼は死んだ。だが、時計のために記憶に残るだろう。

しばらくすると、家の中から声と足音がした。クイゼンベリー夫妻、ダイアナ・ラスク、そして背の高い、白髪の男が出てきた。

ボニータ・クイゼンベリーはジョニーを無視したが、夫は白髪の男を紹介した。「ミスター・ウォルシュ、こちらはミスター・フレッチャーです。……ではごきげんよう、ミスター・ウォルシュ。いろいろとありがとうございました」

クイゼンベリー家の弁護士は、私道を去っていった。それを見ていたジョニーは、帰っていく人物を見るボニータの目に怒りがくすぶっているのに気づいた。

「何もかも順調かい、ミスター・クイゼンベリー？」ジョニーはさりげなくいった。

エリック・クイゼンベリーはぎくりとした。「順調？　ああ、もちろん。いや、違うといいたかったんだ。父は遺言状に、時計は無条件でわたしの息子のトムに譲ると書いていた。ウォルシュの解釈では、時計は父が死ぬ前に、トムのものになっていたのだ」

「あいにくだったわね」ボニータが意地悪くいった。「時計が盗まれたのは」

ダイアナ・ラスクは誇らしげに顎を上げた。「どのみち、わたしは受け取る気はありません」

「へえ？　非難するつもりはないけれど、あなた、妙な人たちと知り合いのようね。犯罪者と――」

「ボニータ！」エリック・クイゼンベリーが鋭い口調でいった。

「何よ！……」ボニータはひどい剣幕で夫にいい、くるりと背を向けて家に入っていった。

「申し訳ない」クイゼンベリーが謝った。「ボニータは少し動揺していてね」

「構わないよ。もう帰るところだから」ジョニーがいった。ベランダを出て、足を止める。「差し支えなければ教えてほしいんだが、ミスター・クイゼンベリー。時計はゆうべ、本当に金庫に入っていたのかな？……」

「もちろんだ。値打ちはわかっているから、外に出してはおかない」

「だと思った。けれど、ほかの時計にも値打ちがあるのに、金庫には入れていないだろう」

クイゼンベリーは顔をしかめた。「本当のことをいうと、ほかの時計にはあまり興味がないんだ。父が生きていた頃には、あの部屋で時計と暮らしているも同然だったし、もちろん屋敷には、警備員が常駐している……」

「ゆうべはあまり役に立たなかったようだな」

「わかっている」クイゼンベリーは苛立ったようにいった。「最近では、ほとんど役に立っていないんだ。正直、解雇を考えている」

ジョニーはうなずき、さらに会話を続けようとしたが、ダイアナがどこか慌てたようにいった。

「家に帰らなくちゃ」

クイゼンベリーはすでに家に入ろうとしていたので、ジョニーは肩をすくめ、ダイアナと並んだ。門へと道を下りながら、彼はいった。

「もっと聞きたいことがあったんだが、彼はぴりぴりしているようだったな。その……町の噂のことで。といっても、根も葉もないものだと思うが」

「あなたがいいたいのは、ミスター・サイモン・クイゼンベリーの遺言のこと？」

「ああ。噂じゃ、彼が遺した金は――予想よりも少なかったらしい」

「その通りよ、ミスター・フレッチャー。長いこと秘密にはしていられないと思う。本当のところ、ミスター・サイモンは何ひとつ遺していないの」

「何ひとつ？　つまり、まったく何も？」

「ええ、文字通りの意味よ。ミスター・サイモンは事業に失敗し、自分が持っているものを何もかも抵当に入れたみたいなの。時計のコレクションさえも……」

「時計のコレクション？　そんなもので誰が金を貸すんだ？」

「もちろん、あのギリシア人の海綿輸入業者、ミスター・ニコラス・ボスよ」

ジョニーは目をしばたたかせた。「つまり、時計はやつのものになるってことか？　昨日、時計のことで来たと彼はいったが、サイモンのコレクション全部だとは夢にも思わなかった。五十万ドルの値打ちがあるはずだが」

「そうよ。ミスター・クイゼンベリーは、それを担保に五十万ドル借りたの」

ジョニーは口笛を吹いた。「さらにボスは、おしゃべり時計に七万五千ドル出すつもりなのか？」

「だと思うわ」

ジョニーはかぶりを振った。「変わった人間もいるもんだ。あんたにしても、どうして七万五千ドルを前に突っぱねたんだ？」

「はっきりさせたほうがいいと思ったからよ。わたしがトムと結婚したのは――彼を愛していたから。お金のために結婚したんじゃないわ。例えば……」

「例えば、ボニータがトムの父親と結婚したように、か？　ああ、わかってきたような気がするぞ。それで思い出したが、エリックはどうなる？　じいさんは彼に会社を遺したのか？……」

「遺していないも同然よ。母の――いえ、わたしの理解だと、会社が彼のものになるのも、わずか半年みたい。銀行から借りている百万ドルが返せなければ、何もかも取り上げられてしまうの」

「へえ！　そいつはよくないな。なあ、今、会社を切り回している男――ウィルバー・タマラック

――は、どうなるんだ?」

彼女の口元が、わずかにこわばったように見えた。「それは……たぶん、今の地位を失うでしょうね。エリックは会社ではあまり出番がなかったの。サイモンがひとりで何もかもやっていたから……ミスター・タマラックの助けを借りて。彼は……エリックがそれほど有能だと思っていなかった。だから……」

「なるほど。だが、今ではエリックが会社を支配している。少なくとも半年は。これまで大きな顔をしてきたタマラックを嫌って、追い出すかもしれない」

ふたりは線路の上にかかった橋に差しかかった。その向こうには、ヒルクレストの目抜き通りがある。

「ここから市内に戻る列車に乗るよ」ジョニーはいった。「あとひとつだけ聞かせてほしい……。きみのお母さんは、エリック・クイゼンベリーのことをどう思っているんだ?」

ダイアナが大きく目を見開いたので、彼は慌てていった。「答えなくてもいい」聞かずとも、彼女の表情が物語っていた。

ジョニーは彼女がヒルクレスト・アパートメントに向かうのを見届けた。それからようやく、鉄道駅へ向かった。

第十六章

市内に戻ったジョニーは、グランドセントラル駅から〈四十五丁目ホテル〉に向かいながら、全財産が三十二セントであることに気づいた。サムに渡した一ドルから、彼が昼食にいくら使っただろうかと考える。安いディナーが食べられるくらいは残っているだろう。

ホテルに入ると、ベル・キャプテンが近づいてきた。「サムはカクテルラウンジにいますよ、ミスター・フレッチャー」と、ウィンクする。「かわいい娘《こ》ちゃんと一緒にね」

「サムが――かわいい娘と？」ジョニーは仰天した。だがそれも、直後にカクテルラウンジに入って、サムとテーブルを挟んでいるブロンドを見たときほどではなかった。

ベル・キャプテンは決して誇張していたわけではなかった。その女はたいへんな美人だった。ブロンドで、スタイルもいい。肌の色はひとえにメークの賜物だが、素晴らしかった。

サムは自分の獲物を見て、よだれを垂らさんばかりだった。だが、近づくジョニーに、顔を上げたサムはぎくりとして、真っ赤になった。

「ジョニー！」

「やあ、サム」ジョニーは冷ややかにいった。「調子はどうだい？」

「ええと……いいよ、ジョニー。ええと、ミス・ダルトンと知り合ったんだ」

女性はマスカラを塗った目をジョニーに向けた。「あなたがジョニー・フレッチャーなのね！　サムったら、二時間もあなたのことをべた褒めしてたわ。うふん……名前はヴィヴィアンよ。よろしくね」

ジョニーは詰め物をした長椅子の、サム・クラッグの隣に座った。

「こいつをどこで引っかけた？」彼はヴィヴィアンにそっけなく訊いた。

「引っかけた？　どうして……彼がわたしに飲み物をおごるといって聞かなかったのよ。でも……あなた、彼の番人？」

「そうだ」彼はサムの脇腹を肘でつついた。「酒をおごるっていうなら、おれにも一杯注文してくれないか？」

「ああ、もちろん」サムがうめくようにいった。バーテンダーに合図する。「何を飲む、ジョニー？」

「おまえがマティーニを飲んでいるなら、おれもそれにする」

「いいとも。バーテンさん、マティーニを三つだ」口の端から、サムは小声でいった。「彼は新顔なんだ」

ジョニーは顔をしかめた。「通になりつつあるようだな、サム……で、今朝はずっと何をしていた？　モートには会ったのか？」

「ああ、もちろんだ。今日……おれたちに会いにくるそうだ」

「何の用で？」

「何の用かはわかってるだろう」サムはくすくす笑った。「新しい手品が見たいかい？」

「いいや」

サムはテーブルから煙草の箱を取り、一本抜いて火をつけ、煙を吐き出した。しばらくして、ハンカチを出して広げた。「見てろよ」

彼は左手にハンカチを広げ、煙草を右手に持つと、手のひらを閉じながら煙草をハンカチに詰めた。

「すごくない？」ヴィヴィアン・ダルトンが大声でいった。

サムは手を開き、ハンカチを振って、煙草が消えたのを見せた――ハンカチに焦げ跡もついていない。

「なかなかのもんだろ、ジョニー？」

「清潔なハンカチだったら、もっとよかっただろうな」

サムは顔をしかめた。「洗濯なんてくそくらえだ。だけど、もうひとつあるんだ」彼はポケットからシガレットホルダーを取り出し、煙草を詰めて火をつけた。煙を吐き出す。「見てろよ」

カチッというかすかな音がして、煙草がホルダーから消えた。

「小道具だろう」ジョニーがぶつぶついった。

「マックス・ホールデンの手品ショップに行ったんだ。そこには手品師がいてね。ほら……」サムは新しいカードをポケットから出し、束を整え、左手で持った。半分をてのひらに戻し、片手切りを試みた。試みただけだ。カードは彼の手からこぼれ、テーブルに散らばった。

ジョニーはくすくす笑った。友人への苛立ちは消えていた。

ヴィヴィアン・ダルトンもそれを感じ取り、テーブルに身を乗り出した。「今日、チェックインしたばかりなの。面白い人がいてよかったわ。わたし〈ラッキーセブン・クラブ〉でショーをやってるのよ。今夜、サムと一緒に、ショーを見にこない？」

「瓶ビール一本が七十五セントで売られているようなところじゃ、サムとおれは指貫《ゆびぬき》一杯分しか買えないし、そんな少量を売ってくれるとは思えないね」

「お金がないの？　サムは、あなたが国内一の大道商人だといってたわ」

「まあね」ジョニーは謙遜していった。「だがサムは、今朝、強い札を引くギャンブルに全財産を賭けたといわなかったか？」

「そっちはどうなんだ？　二百ドルもの金を賭けたくせに」サムが文句をいった。

「おれたちは金のために働いているんじゃない。それで思い出したが、財政状況を立て直さなくちゃならない。ミス・ダルトン、会えてよかったが――」

「ああ、また会いましょう。どのみち、そろそろ失礼しようと思っていたの。夜に備えて髪をセットしなくちゃ……」

「そのままでも十分だよ」サムが律儀にいった。

彼女はサムに笑顔を向けたが、席を立った。サムはバーテンダーに手を振った。「八二一号室につけておいてくれ」

彼は二十五セント硬貨をテーブルに置いた。

ヴィヴィアン・ダルトンは、カクテルラウンジの正面のドアから通りに出た。ジョニーはロビーへ行き、サムの腕を乱暴につかんだ。

「いいだろう、チップの金をどこで手に入れた……それに、あの手品の道具は？」

サムはにやりとした。「エディ・ミラーに五ドルせびったのさ」

「ベル・キャプテンの？　自分が恥ずかしくないのか？……」

「どうして？　あいつはここで相当稼いでいるんだぞ」

「あいつが？　よし、ちょっと待ってろ……」ジョニーはサムをフロントに残し、ロビーを横切って、ベルデスクを仕切るエディのところへ行った。「よう、エディ」ベル・キャプテンに親しげに声をかける。「景気はどうだ？」

「ここ最近、万博のおかげで上々ですよ。そっちはどうです、ミスター・フレッチャー？」

「まあまあだな。かき入れ時は始まったばかりだ。なあ、エディ、ここの仕事はどれくらいの実入りになるんだ？」

「月十五ドルですね」

「月十五ドル！　それで！……」

「ああ」エディはにやりとした。「給料は普通ですよ。法律で払わなきゃならないから払ってるって程度で。大事なのはチップです。普段でも一日平均十ドル、今は万博の時期ですから、二十ドル近くになります……。それにもちろん、荷物を運ぶたび、一日一ドル入ります」

「おれは職業を間違えたようだ」ジョニーはいった。

「何をおっしゃいます。あなたのことはさんざん聞いてますよ。あの本を売って、一年に七万五千ドル稼いだそうじゃありませんか」

「ああ、一度ね。全部株ですっちまったが」

「悪銭身につかず、ってやつですね。わたしもそうですよ。わたしが馬にたんまり注ぎ込んでるのは知らないでしょう」

「サムは競馬好きなんだ」ジョニーがいった。「なあ、エディ。今、ちょっと金に困っていてね、そうだな、明日まで二十ドルほど都合してくれないか？」

「いいですとも、ミスター・フレッチャー。構いませんよ。普通のお客さんにはこんなことはしませんが、あなたなら――金はお部屋にお持ちします。今あるのは銀貨ばかりですし、数えたりすれば、ミスター・ピーボディが飛んできますから……」

「ありがとうよ、相棒。このことは忘れない」

ジョニーはサムのところへ戻り、エレベーターで八階へ上がった。部屋に入ると、サムが文句をいった。「おれに五ドル貸したからって、彼を叱りつけることはないだろう、ジョニー……」

「叱りつけてたわけじゃない。二十ドル借りたんだよ、しみったれ！」

エディが早くもドアをノックした。てのひらいっぱいに、五十セント硬貨や二十五セント硬貨を握っている。「どうぞ、ミスター・フレッチャー」

「あんたは相棒だ、エディ。今度〈バービゾン＝ウォルドーフ・ホテル〉の支配人をやっている友人に会ったら、口をきいてやろう――」

「それは前にも約束してもらいましたよ」

「そうだったな。考えてみれば、どのみちこんな薄汚いホテルで、ベルボーイをやっていたくはないだろう」

「おっしゃる通りです、ミスター・フレッチャー。あなたのスタイルは好きです。あなたはこのホテルのお客様の誰より洗練されていますし、わたし自身、品はいいほうですからね。警棒を使うことはありませんが、わたしに言葉をかけずに素通りするお客様は、月にひとりもいません。わかりますか？……」

「わかるよ、エディ。いつかこのホテルのマネジャーになれるだろう」

「マネジャー？　お断りです。ピーボディの給料がいくらか知ってますか？　しかも、チップももらえない。わたしのほうが倍稼いでますよ」

エディ・ミラーが出ていってから、ジョニーは悲しげに首を振った。「この世に正義はないのか。このおれを見ろ。都会人を洗練させた、この上なくスマートな男だ。それが一文無しで、ベルボーイに金を借りている。そしてベルボーイは、ホテルのマネジャーよりも稼いでいる」

「おまえより稼げるやつはいないよ。商売に集中して、殺人事件に首を突っ込むのをやめればな……」

ジョニーは顔をしかめた。「それで思い出したぞ。あのおしゃべり時計に、七万五千ドルの価値などないと知ってたか？　時計の専門家に訊いたら、一万ドルでも高いといっていた」

「はあ？　だって、あのギリシア人は七万五千出すといったじゃないか」

「しかも、やつは馬鹿じゃない。時計屋はボスを知っていて、ひどい値切り屋だといっていた。そのことから何がわかる？」

「さあな」とサム。「考えていたんだが、おしゃべり時計の何がそんなにすごいんだ？　何をしゃべるっていうんだ？」

ジョニーは一瞬、相棒をじっと見た。それから、静かに息を吸った。「今、何ていった？」

「コロンバスの質屋で聞いただろ。特別なことをしゃべってたわけじゃない。それに、特にはっきりしたことでも……」

「確か『五時。一日ももうすぐ終わり』といっていたな。だが、ほかの時刻には何というんだろう？

もしかして……」

「何だ?」

「おれたちは肝心なことを見落としているのかもしれない。それほどの価値があるのは、時計そのものじゃないのかもしれないぞ」

「ほかに何があるっていうんだ?」

「たぶん……時計が話す内容だ……。なあ、サム、昨日クイゼンベリーの家に行って、時計がいっせいに鳴りだしたとき、何があった?」

「ああ、頭がおかしくなるくらいの大騒ぎになった」

「それはわかってる。だが、ほかには? 時計が鳴りだす直前だ。ニック・ボスは五万ドル出すといった。時計が鳴ったとき、やつはおしゃべり時計のすぐ近くに顔を寄せた。覚えてるか? やつは時計が何といったかを聞き、身を起こしたときには二万五千ドル釣り上げた……。なぜだ?」

「知らないよ。時計が何といったか聞いていないんだから。何しろうるさすぎて……」

「おれもだ。だが、今では疑問に思いはじめている。あのボスって男は抜け目がない。ジム・パートリッジもな。五千ドルや一万ドルのためなら、そう躍起にならないだろうが、七万五千以上となれば——。そういえば!……」

ジョニー・フレッチャーの顔に、奇妙な表情がよぎった。サムはそれを見て、落ち着かなげに身じろぎした。「どうした、ジョニー?」

「ダルトンという女だ。彼女がおまえを引っかけたのか、それともおまえが彼女を引っかけたのか?」

サムは頭をかいた。「おれはロビーでエディに手品を見せていて、彼女はそこに座ってたんだ。彼女が笑って、それからトントン拍子に事が運んで——」

「わかった、あとは想像がつく。じゃあ、彼女が誘ったんだな。だと思ったよ」

「きれいな女に誘われて、何が悪い?」サムは顔をしかめた。「結局、おれはゴリラじゃないし、彼女はとびきりのいい女だ」

「とびきりの囮さ」

「囮?　どういうことだ」

「つまり、彼女はわざとおれたちに近づいて、目的を果たしたのさ——〈ラッキーセブン・クラブ〉に誘うというね。いいか、おれはその誘いに乗ろうと思う」

「無理だよ。こんな格好じゃ。シャツやら何やらは新しく買ってもいいが、このスーツじゃぱっとしない。〈ラッキーセブン〉向きじゃないよ。百ドルかそこらあったら……」

「服なんて、金を払わなくても手に入る。バスルーム泥棒の芝居を、あの守銭奴のピーボディに試してみてもいい」

「古いスーツを窓から投げて、風呂に入っている間に服を盗まれたと騒ぐやつか?」

ジョニーはくすくす笑った。「もう五、六年やってないな。だが、ピーボディに通用すると思えない。どっちかがどっちかの服を持ち去ったんだろうというだろうし、おれたちにパンツとシャツ姿でロビーを歩かせるくらいのどけちだろう」

サムが「そら来た、刑務所だ……」というようなことをつぶやき、ジョニーはベッドの端に腰かけて、ロダンの「考える人」の真似をした。

しばらくして、ジョニーはくすくす笑いだし、サムがしかめ面を彼に向けた。「今すぐ刑務所へ行って、警察が追いかける手間を省いてやったらどうだ?」

ジョニーは受話器を上げていった。「ベル・キャプテンを頼む」続いて「エディ・ミラーか? ジョニー・フレッチャーだ。ちょっと教えてもらえないかな? マネジャーのミスター・ピーボディは、どこで服を買っている?」

エディは鼻で笑った。「ブロードウェイの〈ハーゲマンズ〉ですよ。四十丁目の近くの。先週、寸法を直したのを取りにいったばかりです。だけど、あそこで買うのはやめておいたほうがいいですよ、ミスター・フレッチャー。安っぽい店です」

「わかってる。サムとの議論に決着をつけたかっただけなんだ。おれは、ピーボディが服を買うなら〈ハーゲマンズ〉か〈マクガーズ〉に違いないといったんだ。当たりだったな」

彼は電話を切り、サムのほうを見た。「ひとっ走り、夕刊を買ってきてくれ。急いでな。スーツを新調するんだ」

「おれは気に入らないな」サムはそういったが、部屋を出ていった。

彼が新聞を手に戻ってくると、ジョニーは紙面をめくりはじめた。「よし、あったぞ——全面広告だ。目玉は青地に白のピンストライプのスーツ、十九ドル八十五セント。麻袋みたいなもんだが、おれたちが今着ているのよりはましだ。気づいていたか、サム、ピーボディとおれが、ほとんど同じサイズなのを?」

「だけど、おれは彼の服は着られないぜ。おれのスーツは四十四だからな」

「四十四だって?」

ジョニーは受話器を取り、サムは話を聞かずに済むように、バスルームに引っ込んだ。しばらくして、〈ハーゲマンズ〉の店主の不愛想な声が聞こえてきた

「ハーレー・ハーゲマンです」

ジョニーは声のトーンを二段階上げた。「〈四十五丁目ホテル〉のマネジャーのピーボディだ。あのスーツのことだが――一週間ほど前にそちらで買った」

「はいはい、ミスター・ピーボディ。ええ、覚えていますとも。お直しをいたしましたね」

「そうだ。それで、そのスーツがひどいことになってしまってね。わたしを訪ねてきたおじが、デスクに腰を下ろした拍子に大きなインク壺を引っくり返して、ふたりともスーツが台無しになってしまったんだ。そこで、個人的な頼みをきいてくれないかと思ってね、ミスター・ハーゲマン……」

「ええ、もちろんですとも、ミスター・ピーボディ。新しいスーツがご入用ということでしょう?」

「その通りだ。わたしの寸法は記録してあるだろう? 今日の新聞で見たが、青地に白のピンストライプの、なかなかいいスーツが、十九ドル八十五セントで売り出されているな……」

「この値段は掘り出しものですよ、ミスター・ピーボディ。確実に四十五ドルはしますからね、あのスーツは。五番街へ行ってみれば、その値段では――」

「わかった、わかった」ジョニーはピーボディが苛立ったときの声を真似して、それを遮った。「全部わかっている。だが、ここからがお願いなんだ。今、ホテルから離れられなくて、スーツは今夜までに必要なんだ。わたしの寸法はわかっているわけだから、その型と値段のスーツを、急いでホテルまで持ってきてくれないか?」

「もちろんです、ミスター・ピーボディ。当店にはあらゆるサイズが揃っていますからね」

「素晴らしい。それと、おじにもう一着、スーツを持ってきてくれないか――ええと、おじさん、サイズは四十四だといいましたね？　そうだ、同じ素材のスーツで、サイズは四十四のやつを一着……。両方ともわたしに請求してくれ。いいな？」

最後の問いの答えを、ジョニーは目を細くして待った。ピーボディが掛売勘定を持っていないか、〈ハーゲマンズ〉が彼を信用に値しないと考えていたとしたら、ゲームは終わりだ。

だが、ハーゲマンは期待通りに答えた。「もちろんです、ミスター・ピーボディ。あなたさまに請求書をお回しします……。スーツはいつ頃ご入用で？」

「今すぐだ。配達時にオフィスにいないかもしれないから、フロントに預けておいてくれ」

ジョニーは電話を切り、サムを呼んだ。「急げ、サム。雑貨屋に行って、ふたりの分のいいシャツを買うんだ……それと帰りに、白いカーネーションを買ってこい」

「どうしてカーネーションを？」

「ピーボディがいつも身につけているだろう？　それに、ホテルの従業員のほとんども。まるでバッジのようにな……。急げ！……」

サムがシャツを買ってくる間、ジョニーは素早くシャワーを浴びた。サムが戻ってくると、ジョニーはシャツのピンを抜いて着替えた。それから白いカーネーションを、慎重に胸ポケットに挿した。

「さて」彼はサムにいった。「〈ハーゲマンズ〉はブロードウェイの、四十丁目の近くにある。使いがここまでスーツを持ってくる。おまえの仕事はホテルを出て、五十フィートばかり行ったところで位置につくことだ。スーツが入っているようなでかい箱をふたつ持ったやつを見たら、先回りしてホテルに戻り、おれに合図するんだ。三十秒あれば白いカーネーションをつけ、準備できる。わかったか？……。しくじるなよ」

「ああ、わかったよ」サムがうめくようにいった。「だが、ピーボディに請求書が回ってきたときに、えらいことになるぞ。やつはただちにおれたちを疑うだろう……」

「いいや、そうはならない。なぜなら一両日中に四十ドルを手に入れ、〈ハーゲマンズ〉に行って自分たちのスーツの代金を払うからだ。それとも、エディ・ミラーをやって金を払わせるか。ピーボディは自分の掛売勘定を使われたとは気づかないだろう……」

ふたりは階下へ向かい、ジョニーはロビーのドアに近い場所に座った。サムは外に出た。

ピーボディの姿はどこにもない。

エディ・ミラーがぶらぶらと近づいてきた。「マネジャーは、四階の部屋にフランス鍵を差し込んでいるところですよ。気の毒に、三週間しか宿泊代をためていないのに」

ジョニーは身震いした。「教えてくれてありがとう、エディ。気分がよくなってきた」

サム・クラッグがホテルに飛び込んできて、ジョニーを見ると、エレベーターに向かった。ジョニーはすぐに立ち上がり、ポケットからカーネーションを出して、下襟に挿した。それからドアに向かった。

六フィートほど歩いたところで、にきびだらけの十九歳くらいの青年が、スーツの箱をふたつ持って入ってきた。

「ああ」ジョニーが大声でいった。「きみか――〈ハーゲマンズ〉から来たんだろう！」

「ミスター・ピーボディですか？……」若者がもぐもぐといった。

「そうだ！　ミスター・ハーゲマンに、素早い対応に礼をいってくれ。そら、五十セントだ、取っておけ」彼はもったいぶったしぐさで、若者の手に硬貨を落とした。

若者が背を向けたとたん、エレベーターのひとつが開いて、ミスター・ピーボディが白いカーネーションを身につけて現れた。

「おや！　ミスター・フレッチャー」彼はいった。「服を買ったのですか？……景気がよさそうですな。うん、〈ハーゲマンズ〉はいい店ですよ」

「まったくだ、ミスター・ピーボディ、まったくだ。あちこち歩いてみたが、パークアヴェニューの仕立て屋が……」彼は言葉を濁しながら、ミスター・ピーボディの横をすり抜けて、エレベーターに乗った。

八二一号室では、サム・クラッグがびっしょり汗をかいていた。「うまくいったな！」彼はほっとして叫んだ。

「うまくいくに決まってる。おれの仕掛けは必ずうまくいくんだ……まあ、ほとんど必ずな」彼はくすくす笑った。「ちょうどピーボディに出くわしたよ。このスーツの代金を、やつに払わせたくなってきた……」

「駄目だ！」サムが吠えた。「月が変わるまであと三日しかないぞ」

「おまえのいう通りだ。だが、おれは一日じゅう、遠くから金がささやくのを聞いてきた……その声が近づきつつある」

「だといいがね、ジョニー。だといいが。これまでずっと苦労続きだったからな」

第十七章

かくして、その日の夜、きちんとひげを剃り、靴を磨き、髪を切り、新しい服を着て、ジョニー・フレッチャーとサム・クラッグは〈ラッキーセブン・クラブ〉に踏み込んだ。

ウェイター長が彼らをテーブルに案内した。猫の額ほどのダンスフロアからそう離れていない。やがてウェイターがやってきた。ジョニーは注文した。「ビール二本と……プレッツェルを一皿！」

「失礼ですが」ウェイターが言った。「最低三ドル分はご注文いただきませんと」

「はあ？　で、ビールはいくらなんだ？」

「一ドルでございます！」

「わかった、あとでもう二本頼むから、それでいいだろう」

「今、見るなよ、ジョニー」サムが小声で言った。「だが、壁際の席にいるのは時計屋じゃないか？

……」

ジョニーは振り返った。笑顔でウィルバー・タマラックに会釈する。相手は一瞬戸惑った様子だったが、誰だかわかったように顔をほころばせた。

「ここでビールの番をしていてくれ、サム」

ジョニーは立ち上がり、タマラックが座っているテーブルに近づいた。ホワイトフォックスのケープをまとった女性が一緒だ。女性はジョニーに背を向けていたが、近づいた彼は、それがダイアナ・ラスクだと知って驚いた。何となく、夫を亡くして日が浅いのに、ナイトクラブにいるとは思わなかったのだ。

「これはこれは！」彼は大きな声でいった。

「やあ、フレッチャー」タマラックはそっけなくいった。

ダイアナ・ラスクのほうは、もう少し誠意がこもっていた。「ミスター・フレッチャー……ご一緒しません？」

「サムが席を取っているのでね。あとで、ダンスでもどうかな？」

彼女の額に、かすかにしわが浮かんだ。「たぶんね……」

ジョニーはうなずいた。「時計の商売のほうはどうだい、ミスター・タマラック？」

「時計の針のように順調だよ……またあとで」

自分のテーブルに戻ったジョニーは、サムがビールの一本をほとんど飲みつくしているのに気づいた。「午後のことを考えたら、これじゃ期待外れだ」サムがこぼした。

「おまえのガールフレンドが、誘惑しにくるんじゃないか？　どこにいる？」

「ウェイターに訊いた。すぐに出てくるとさ」

オーケストラのドラマーがドラムロールを始め、司会者にスポットライトが当たった。

「ご来場の皆さま」彼はアナウンスした。「ご覧に入れますのは、人気歌手のミス……ヴィヴィアン・ダルトン！」

ヴィヴィアン・ダルトンは、露出の多い白のイヴニングドレスをまとい、スポットライトの中に現れた。オーケストラが「タンブリング・タンブルウィード」を演奏し、ヴィヴィアンが歌いはじめる。ジョニー・フレッチャーは、ヴィヴィアン・ダルトンが登場したとたん、うっとりと耳を傾けた。素晴らしい声だった。低く、ハスキーで、ところどころ途切れるたび、ジョニーの背中に小さな波紋が広がった。

「なあ、彼女、すごいだろう？」サム・クラッグがテーブル越しにささやいた。

ジョニーはうなずいた。「黙ってろ。彼女の歌が聞きたい」

彼女はジョニーの視線をとらえ、悲しげな薄笑いを浮かべた。ジョニーの脈がゆっくりと打ちはじめ、一瞬、ヴィヴィアン・ダルトンが囮だと疑ったことを忘れていた。

歌い終えた彼女は大いに喝采を浴び、アンコールに応えて「ガウチョのセレナーデ」を歌った。彼女が舞台を去ると、タップダンサーのトリオが登場した。

ジョニーは力を抜いた。「悪くない。ああいう女は、知らない間に人を裏切ることができる」

「おまえは彼女を誤解していると思うな、ジョニー」サムはいった。「おれの金については、彼女は問題なかった」

「何の金だ？」

「シーッ！　彼女が来る」

ジョニーはすぐさま椅子を後ろに押しやった。ヴィヴィアン・ダルトンが、誘うような笑みを浮かべてゆっくりと近づいてくる。「こんばんは、おふたりさん」彼女はあいさつした。「来ると思ってたわ」

「それはどうかな」ジョニーはにやりとした。「きみは素晴らしかったよ」

「ハリウッドのスカウトが、わたしをさんざんけなしたのを見ていないでしょう?」

ジョニーは隣のテーブルから、空いている椅子を引っぱってきた。「ちょっとの間、座らないか?」

「ちょっとだけね」

「それと、ビールはどうだい?」

「ビール?」

「予算ってものがあるんだ。それに、ビールは健康的だ。きみのような声の持ち主は――」彼は言葉を切った。ヴィヴィアン・ダルトンが自分の向こうを見ているのに気づいたからだ。

彼が振り返ると同時に、サム・クラッグが叫んだ。「何てこった、パートリッジだ。それに――見ろよ!……」

そこにいたのはジム・パートリッジだった。正装したジム・パートリッジと一緒にいるのは――ボニータ・クイゼンベリーだった。

「おやおや!」ジョニーがささやいた。それから、素早くヴィヴィアン・ダルトンを見た。「すると、やつなのか」

彼女は霧を払うようにかぶりを振った。「何ですって?」

「ジム・パートリッジを知っているんだな?」

「ええ、知ってるわ。しかも……」彼女は短く笑った。「ダルトンというのは芸名なの。昔は……パートリッジと名乗っていたわ」

ジョニーはビールのグラスを引っくり返しそうになった。サム・クラッグが、驚いたように口笛を吹く。「夫なのか?」

「夫？　わたしがいくつだと思ってるの？　あの人は……わたしの父よ！」

「じゃあ、ボニータは？」ジョニーがあえぎながらいった。

彼女はうなずいた。「離婚してから会っていないけれど。七年前、わたしが十三歳のときよ。知らなかった……」

「よりを戻したことをか？　おれもだよ」

ヴィヴィアンは突然席を立った。「次のステージのために着替えなきゃ。失礼……」

彼女が去ってから、ジョニーも自分の椅子を後ろに押しやった。「砦を守っていてくれ、サム。パートリッジと話がしたい」

「手荒なことをされたら、大声を出すんだぞ」

パートリッジはすでにジョニーを見ていた。ジョニーが近づいてくると、ボニータに何やらいい、ボニータは振り返って、不機嫌な顔に嫌そうな表情を浮かべて彼を見た。

「やあ、ご同輩」ジョニーはパートリッジのテーブルのそばで立ち止まり、気軽にいった。

「首を洗ってきたのか」パートリッジが皮肉っぽくいった。

「あんたのためにそうしたのさ。首を突っ込むためにね」

「この男と話をしなくちゃならないの、ジム？」ボニータが鋭くいった。「事務所に仕事を残してきたといってたじゃない」

「そんなことをいったか？」パートリッジは冷淡にいった。「覚えていないな。だからこうして、ひと儲けしようとしてるんだ」

「もう儲けたじゃないか」ジョニーはボニータを見た。

パートリッジはゆっくりと首を振った。「そいつは間違いだ。ゲームは一歩先へ進んでいる。帰りがけに新聞を買ってみろ」

「何かあったのか?」

「じゃあな、フレッチャー」パートリッジが当てつけがましくいった。「あんたに用はない」

テーブルに戻ったジョニーは、顔をしかめて考え込んでいた。ボニータがパートリッジと組んでいるというのは大きな進展だが、パートリッジは何か別のことをいっていた……新聞に載っているらしい。だが、内容はいわなかった。彼が手を回し、ジョニーを今夜〈ラッキーセブン〉に来させた。だがその間に何かが起こり、彼はもうジョニーを必要としなくなった。

そもそも、なぜ必要とされていたのか?

「何かあったのか、ジョニー」サムが訊いた。

「ああ。だが、何なのかわからない」

「ラスクの娘がこっちを見てるぞ。おまえと話したいんじゃないかな」

「みんながそうしたがってる」ジョニーは浮かない口調でいった。「おれに泥をなすりつけたいんだ。眠っている間に埋められちまう。さて……」

タップダンスが終わり、オーケストラがダンス曲を演奏しはじめた。男女が小さなダンスフロアに出てくる。ジョニーはラスクとタマラックのテーブルに近づいた。「ダンスの用意はいいかな、ミス・ラスク?」彼はぎこちなくいった。

立ち上がった彼女を、フロアへ連れていく。ジョニーが踊るのは三年ぶりだが、問題はなかった。誰も踊っていなかったからだ。この混雑では踊れたものじゃない。ただすり足で歩き、体を揺するだけだ。

「ボニータと話しているのを見たわ」すり足で動きながら、ダイアナ・ラスクはジョニーの耳にささやいた。「今日の午後、彼女が〈時計屋敷〉を出たのを知ってる?」

「ああ! 腹いせか。彼女と一緒にいるジム・パートリッジは、元の夫だと知ってたか?」

彼女の体に衝撃が走るのがわかった。「知らなかった。てっきり彼女は……コーニッシュと……。

エリックは今朝、コーニッシュをくびにして、それから彼女が出ていって……」

「ほかにもある」ジョニーが仰々しくいった。「ちょっと前に歌っていた女の子——ヴィヴィアン・ダルトン——は、ジム・パートリッジとボニータの娘なんだ」

「まあ、娘がいたなんて知らなかったわ! エリックは一度も母に——」

「お母さんに? たぶん、ボニータはエリックにいうのを忘れていたんだろう。離婚後は、ジムが世話していたようだな。それとも彼女がジムを世話していたか。それが問題だ。安っぽい、二流の私立探偵に、あんな娘がいるのを想像してみろ」

彼女は少し黙りこくり、それからいった。「わたしがどうしてこんなところにいるか、不思議に思っているでしょうね。あんなことがあって……」

「いいや」彼はいった。「不思議じゃないさ。彼とは何か月も会っていなかったんだろう……」

「ああ、そういう意味じゃないわ。わたし——今日、あなたに何度か見られたわね。あなたは母とエリックのことも知っている。そう、エリックとボニータとの口論の最中に、ボニータに電話がかかってきたの。それでエリックは、彼女がここで誰かと会う約束をしているのを聞いたのよ」

ジョニーは顔をしかめた。「彼がきみに、ここへ来て妻が誰と会っているか突き止めてくれといったのか？」

「違うわ！　エリックはそんなことはしない。彼はたまたま、わたしの母にそのことを漏らしたのよ。ここへ来たのは自分の意思だわ。わかるでしょう……結局、あの時計がほしくなったの」

「ああ！　つまり、誰かが盗むとしたらボニータだと思ったんだな？」

「違う？　あの人がほしくてたまらないのは……お金だけよ！　わたしは特にあの時計をほしいとは思わないけれど、絶対にボニータには渡したくない。わたしが彼女を嫌っているのはわかっているでしょう。彼女のせいで……トミーは家を出たんだもの」

「彼女のせいで、居心地が悪くなったのか？」

「居心地が悪いなんて、控えめないい方だわ。彼女はトミーがおじいさんのお気に入りだと知って、何が何でもふたりを遠ざけようとしたの。トミーが家を出ると、彼女はエリックにつらく当たるようになった。しかも――その間ずっと、あの土地管理人のコーニッシュといちゃついていたのよ」

「コーニッシュはふられたようだな」ジョニーは指摘した。「あるいは、どこかで金のにおいを嗅ぎつけたジム・パートリッジに、彼女が一枚噛もうとしているか。パートリッジは実に有能な男だ。今にも帽子からウサギを出してみせるだろう。サムとおれが今夜ここに来たのは、彼の差し金なんだ。少なくとも、おれはそう思ってる……」

　そのとき、音楽がやんだ。ジョニーはダイアナの腕を取り、タマラックが座るテーブルに戻した。クイゼンベリー時計社の営業部長はテーブルに肘をつき、両手で顎を包んでいた。

　彼は立ち上がらなかった。「ちょっと座ってくれ、フレッチャー」彼は不機嫌に誘った。「きみのゲームについて聞かせてもらいたい」

「ゲームだって、ミスター・タマラック？」ジョニーはからかうようにいった。「ゲームなんてしちゃいないよ」

「だったら、何をしている？　ゲームでもないのに会社まで来て、西部の大手時計バイヤーのふりをするのか？　きみは探偵じゃない。この一件の何に興味があるんだ？」

ジョニーは隣のテーブルから椅子を引っぱってきて、腰を下ろした。

「いいか、タマラック」彼は真面目にいった。「おれはトム・クイゼンベリーにミネソタで会った。おれは彼を気に入ったし、彼はおれを信用してくれた。彼はいろいろな不運に見舞われていたが、さらに悪いことが起こった——命を落としたんだ。あんたのいうゲームをやっているのは、トム・クイゼンベリーを殺したやつに、おれが正義を下せると思うからだ……」

「だが、きみと相棒は、浮浪者がトムを殺したといっただろう。ミネソタの浮浪者が、ニューヨークにいるはずはないんじゃないか？」

「なぜだ？　おしゃべり時計はここにあるんだ。浮浪者に化けたその男は——」

「待ってくれ！」タマラックが叫んだ。「その浮浪者は浮浪者でも何でもなくて、クイゼンベリー家に近い人物が、浮浪者のふりをしていたというんじゃないだろうな？」

「まさにそういいたかったのさ。何が悪い？」

ウィルバー・タマラックは首をかしげ、馬鹿にしたようにジョニーを見た。それから、ダイアナ・ラスクのほうを向いた。彼女は唇をぎゅっと引き結び、ジョニーを見つめていた。

「きみはどう思う、ダイアナ？」

彼女は首を振った。「どう考えればいいかわからないわ。でも、わたしは確かにミネソタでミスター・フレッチャーと会ったし、彼がそこから逃げ出してここへ来るまで、どんな目に遭ったかもよく知っている。ただ……わたしのものだと思った品を届けるためだけに」

「ありがとう」ジョニーはそういって立ち上がった。

ウィルバー・タマラックは、真っ赤になった顔をカラーに届くくらいすくめた。「きみがそんなふうに感じているとは思わなかったよ、ダイアナ」

「そう感じているの。今ではわかったでしょう」

ジョニーは彼女にほほえみ、背を向けた。それからくるりと振り返った。「でかいのが来るぞ。殺人課のマディガン警部補だ。仕事で来たようだな……。おれがあんたなら、退散するぜ！」

彼はにやりとし、足早に自分のテーブルに戻った。

「テーブルの下に隠れろ、サム！　昔なじみが来たところだ」

サムは頭を低くし、本当にテーブルの下にもぐり込みそうになった。「もう遅い」ジョニーがつぶやいた。

彼は初めて警部補に気づいたふりをした。「店のピンチだぞ！　マディガン警部補だ……」

「フレッチャー！　それにクラッグ！　おまえたちは聖書地帯で先住民の頭の皮をはいでいるかと思ったが」

ジョニーは警部補と握手を交わした。「あっちに頭の皮をはがれちまったよ、相棒」

「そうは見えないな。ナイトクラブに出入りしているということは、たんまり儲けているんだろう」

ジョニーはウィンクした。「あんたが内情を知っていればね……」

「いわんでくれ。もう厄介事は十分抱えているんだ。うむ、あそこに会いたかったやつがいる」

「ジム・パートリッジのことか?」

立ち去ろうとしていたマディガン警部補が、くるりと向きを変えてジョニーに近づいた。「パートリッジを知っているのか?」

「ふふん。やつのかみさんもね。というか、元かみさんだ。一緒にいるのがそれだよ」

うろたえた表情が、警察官の顔に広がった。「まさか」彼はささやいた。「まさか、クイゼンベリー事件に首を突っ込んでいるんじゃないだろうな?」

ジョニーは自分の手を見下ろした。「おれは事件を解決しようと思ってるんだ……あんたのためにね」

マディガン警部補は、見えない拳に顔を殴られたかのように目をしばたたかせた。「どうしてこうなるのかわからない。おれは偶然この件にかかわったんだ。ヒルクレストの警察署長がたまたま昔の相棒で、ニューヨークで調べてほしいことがあると個人的に頼んできたからだ。ところが、それにおまえがどっぷり漬かっている……。いいだろう。おまえは何を知っている? パートリッジはしばらくお預けだ」

彼はさっきまでヴィヴィアン・ダルトンが座っていた席に、どさりと腰を下ろした。

「なあ」ジョニーがいった。「今夜、何があったかを教えてくれたら、もっとちゃんとした話がしてやれると思うが」

「何かあったと、どうして思うんだ?」

「十分としない前に、パートリッジからそう聞いたんだ。新聞を読めとね」

「まあ、すでに表沙汰になっているのなら、話してやろう。クイゼンベリー家の土地管理人で、コーニッシュという名前の男が殺されたんだ」

ジョニーは息をのんだ。「どこで?」

「屋敷でだ」

「いつだ?　大事なことなんだ、マディガン」

「遺体は夜の早い時間に小屋で見つかった。だが、どうやら午後のうちに撃たれたようだ。午後の早いうちに」

ジョニーは顔をしかめた。「すると、アリバイは役に立たないな」

「パートリッジのか?　やつが今夜ここにいることをいっているなら、アリバイにはならない。やつの妻もな。メリーマンというのが、おれのヒルクレストの相棒なんだが、彼はエリック・クイゼンベリーに話を聞いたそうだ。クイゼンベリーは、妻はちょっとしたいさかいのあと、正午頃に家を出たといった。彼女がコーニッシュといい仲だったことは認めている。それが口論の原因のひとつだったこともね。実は、彼はコーニッシュに解雇通告をしていた。おれが話をしたいのはクイゼンベリー夫人だ。それと、パートリッジだ……そろそろ捕まえたほうがよさそうだな。帰ろうとしている」

彼は素早く立ち上がり、パートリッジのテーブルに向かった。ジョニーもすぐあとに続いた。

「やあ、パートリッジ」マディガンがいった。「調子はどうだ?」

パートリッジは無表情だったが、マディガンからジョニーに移した目が光った。

「やあ、マディガン」彼はいった。「この若造に聞いたんだな?」

「若造だって?」ジョニーが大声でいった。「警部補とおれは友達も同様だ。おれは事件解決に協力しているんだ。難事件のね」

マディガン警部補はうめくようにいった。「ヒルクレストで何があったか知っているだろう？　あなたもね、ミセス・クイゼンベリー？」

ボニータ・クイゼンベリーの顔は、古い象牙のように黄色く、硬かった。

彼女が何か口にする前に、ジム・パートリッジがとげとげしくいった。

「すると、この若造はあんたの友達なのか、警部補？　こいつはラスクの娘を逃がした。あんたが入ってきたとき、一緒にダンスしていたんだ」

マディガンはジョニーに向き直った。「本当か、フレッチャー？」

「ミス・ラスクとダンスしていたかって？　ああ、そうだよ。だが、彼女に興味があるとは知らなかった。あんたがここへ来た理由さえ知らなかったんだからな」

「おまえってやつは！……」マディガンは苦々しげにいった。

「彼女はウィルバー・タマラックと一緒だった。クイゼンベリー時計社の営業部長の」パートリッジは続けた。「タマラック自身、いくつか質問を受けそうな人物だ。……おれに何の用だ、警部補？」

「今日の午後、どこにいた？」

「事務所だ。午後いっぱいね」

「で、それを証明する助手がいたんだろうな？　わかってるさ」

パートリッジは薄く笑った。「おれが事務所にいなかったと証明できるのか？」

「できっこない……。ここを出ようか。人が見ている」

ジョニーはテーブルに戻り、勘定をした。ウェイターはしばらく計算し、金額を告げた。ジョニーは大声をあげた。「どういうこった、十二ドルとは？　ビール一本しか飲んでないぞ」

「申し訳ありません」ウェイターはそういって、悪意に満ちた目でジョニーを見た。「調べてまいります」彼は下がり、別のウェイターと話し合った。戻ってきた彼は勘定を訂正した。「六ドルでございます。おふたり様の最低料金になります」

ジョニーは銀貨で六ドル数え、二十五セントを加えた。

ウェイターはトレイから二十五セントをつまみ上げた。「これは何でしょうか？」

「おれの朝食代だ」ジョニーはつっけんどんにいい、ウェイターの手から硬貨を取り戻した。「チップがほしいと騒いでも、もう遅いからな」

「ありがとうございました。またのお越しを、お待ち申し上げません」

「ビール二本で六ドルだと」サム・クラッグはぶつぶついいながら、ジョニーのあとに続いて出口へ向かった。そこではマディガンたちが待っていた。

歩道に出ると、ジョニーはマディガンにいった。「今夜、もう少し話がしたいか、マディ？」

マディガンは下唇を噛んだ。ボニータ・クイゼンベリーと、彼女の元夫を見る。やがてかぶりを振った。「これから二、三時間は忙しくなる。そばにいてもらわないほうがいい。どこに泊まっているんだ――四十五丁目にあるネズミのねぐらか？　それともパークアヴェニューか？」

「四十五丁目だ。あとで近くまで来ることを考えて、窓辺の明かりをつけておくよ」

「わかった。もしおれが行かなかったら、朝にはそのあたりにいてくれ。話がしたい」

「いいとも」

六番街を歩きながら、サム・クラッグがいった。「おれの意見では、やったのはパートリッジだな。おまえはやつに、元の女房がコーニッシュとよろしくやっているといったも同然だ」

ジョニーはかぶりを振った。「コーニッシュは不愛想なサルだ。ちょっとドラッグストアに寄ろう。電話がしたい」

「こんな夜更けに、誰に電話するんだ?」

「ラ・ガーディアさ。どこかで火の手が上がっていると伝えてやるんだ……」

彼はドラッグストアに入り、電話ボックスへ向かった。交換手は、ヒルクレストへの電話代は二十セントだといった。ジョニーは投入口に硬貨を入れた。しばらくして、彼はいった。「もしもし、ヒルクレストの警察署長ですか? こちらニューヨークの殺人課。コーニッシュ殺しについていくつか質問するよう、マディガン警部補にいわれまして……」

「彼は何かつかんだのか?」ヒルクレストの署長が声を張りあげた。

「わかりません。まだ外にいますので。電話では、犯人をつかまえたといっていましたがね。彼が知りたいのは、そのコーニッシュという男のことです。見分したとき、彼は顔に絆創膏を貼っていましたか?」

「ああ、その通りだ」署長は答えた。「マディガンにいおうと思っていたんだ。顔に絆創膏は貼ってあったが、その下には切り傷も擦り傷もなかった。妙なことだ。前の晩、コーニッシュは強盗と争ったといっているのだからな……。マディガンが戻ってきたらそのことを伝え、わたしに電話するようにいってくれ」

「そうします。ありがとう」

ジョニーは電話を切り、サムのところへ戻った。店を出ながら彼はいった。「コーニッシュはおしゃべり時計を自分でくすねたんだ。そして、やつを殺した人間が、それを今日奪った」

「やっぱりパートリッジだ」サム・クラッグが強情にいった。

「おれは違うと思うね」ジョニーが返した。

そのことを議論しているうちに、ふたりは〈四十五丁目ホテル〉に着いた。するとそこには、げっそりして、ひげも剃っていないモート・マリがいた。ロビーの椅子から立ち上がる。

「モート！」ジョニーが叫んだ。「こんな夜更けに、ここで何をしてるんだ?」

「わたしが来ることを、サムに聞かなかったか?」モートは苦々しげにいった。

サムはたじろいだ。「おれはジョニーにいったぜ」

「ああ、聞いた。だが……そのう……ちょっと用事ができてね。どうしたんだ、モート?」

モートの視線が、ジョニーとサムが着ている新品のスーツの上をさまよった。「わかっているだろう、ジョニー。あの高利貸しだよ。あんたは約束しただろう——」

「そうとも。上へ来いよ、モート。それについて話し合おう」

八二一号室に入ると、ジョニーはモートに向き直った。「おれたちが不運に見舞われたのを、サムに聞いただろう。どうして今朝、あんたのところへ行かなかったかを?……」

「サムに聞いたよ。だけど、高利貸しのカーメラがやってきて、こっちに利息を払う金がなかったものだから、ありとあらゆる脅しをしたことはいわなかったか?」

「そのことはいわなかった」サムは顔をしかめた。

モートはがっかりした目をした。「やつが何をしたかわかるか?　二十五パーセントの罰金を上乗せしたんだ。今じゃ元金が百五十ドル、プラス利子だ。明日には二十ドルの利子を払わなけりゃならない。その利子が払えなければ、さらに二十五パーセントの罰金が科せられる」

「くそっ、汚いぞ——！」ジョニーはののしった。「そんなことができるわけがない」

「できるわけがないって？　明日、わたしのところに来て、やつにそういってくれ。いっておくが、あの男はたちが悪いぞ」

「お互いさまだ。やつは強気だ。おれとサムとで叩きのめしてやる」

「それじゃ何にもならない。カーメラをやっつけることはできるかもしれないが、ギャング全員は無理だ。それに、やつらは拳で戦うんじゃない。いいか、明日、なにがしかの金が用意できなければ、わたしはおしまいだ。少なくとも利息分はないと」

　ジョニーはポケットを探った。七ドルもない。「いくら持ってる、サム？」サムは一ドル五十セントという大金を引っぱり出した。「シャツやら何やら買ったからな……」

「わかってる。よし、エディ・ミラーを呼ぼう」

「無理だ。今夜は非番だ。でも、朝の七時には出勤する」

「オーケー、朝一番で、やつから二十ドルせしめよう。それで、朝のうちにモートの利子を用意できる。昼間には、あんたのためにもっと金をかき集めるよ、モート」

「ありがとう、ジョニー。あんたなら、何とかしてくれると思ったよ」

「もちろん、いつだってそうだろう？　ところで、今夜寝る場所はあるのか？」

「会社で寝ようと思っていたんだが」

「その必要はないさ。サムが一緒にベッドを使わせてくれるよ。明日また来る手間が省ける。さあ、寝ようぜ、みんな。明日は大事な日だからな」

第十八章

朝、日の光を顔に浴びて、ジョニー・フレッチャーは目を覚ました。しばらく横になり、隣のベッドにふたつの小山ができているのを見てから、口笛を吹いて起き上がった。

「起きろ、おまえら！　朝だぞ」

彼はベッドを飛び出し、バスルームへ向かった。ひげを剃り、口笛を吹きながら出てきたときには、サム・クラッグとモート・マリは、まだ着替えの途中だった。

「八時を過ぎてるぞ、ジョニー」モートが指摘した。「あのベルボーイを呼ばないか？」

「よしきた！」ジョニーは電話に向かい、エディ・ミラーに来るようにいった。入ってきたベル・キャプテンは、皮肉そうにモート・マリを見た。

「追加の宿泊客を引っぱり込んだんですか、ミスター・フレッチャー？　ピーボディは感心しないでしょうね」

「ピーボディが感心しないことは山ほどあるのさ、エディ。こいつはおれの友達で、困ってるんだ。今朝、そのう、二十ドル用立ててしてやらなければ、大変なことになる。だからさ、エディ――」

「何たることでしょう、ミスター・フレッチャー。今朝は交通費も借りなきゃならなかったんです。聞いてくださいよ。ゆうべ、ビリヤードでふたりの高利貸しと勝負して、すっからかんになってしまったんです」

モート・マリはうめき声をあげ、ジョニーの目からは光が消えた。「エディ」彼は悲しげにいった。「おまえには失望した。ビリヤードをやるなら、どうしてここにいるサムとやらないんだ？　彼はスリークッションで、アイオワ州ブレマー郡のチャンピオンになったこともあるんだぞ。それで、いつなら二十ドル手に入る？」

「夜までは無理ですね。客足が悪ければ、夜になっても駄目かもしれません。わかるでしょう、ミスター・フレッチャー、持っていればあなたに渡しますよ。全財産をね！」

「おれだって同じだよ、エディ」

エディは残念そうにドアへ向かった。そこで足を止めた。「そういえば、フレッチャー、一文無しなのに、あなたとサムはどうやってスーツを新調したんです？」

ジョニーはベルボーイに向かって指を振った。「それは秘密だ、エディ。誰にもばれないことを祈るよ」

エディはうなずいたが、出ていくときの彼の目には、疑わしげな光があった。

モートは顔にびっしり汗をかいていた。「何てことだ。これでは会社に行けない。カーメラが待ち構えているだろう」

「サムが一緒に行くさ。おれも行くよ、モート……」

ドアの鏡板にひびが入るほど激しいノックの音がした。ドアが勢いよく開き、マディガン警部補がつかつかと入ってくる。

「起こしたかな？」

「おれが死んでいたって、起こしただろうね」ジョニーが言い返した。それから、にやりと笑った。「だけど、五月の花のように大歓迎だよ。なあ、警部補、こいつはモート・マリ。この大都会でも、こんないいやつはほかにいない。本を出版しているんだ。実は『だれでもサムスンになれる』って傑作を出していてね、この十年、おれたちはそれを売ってささやかながらも生計を立てている。それでだ、彼は今、窮地に陥っている。高利貸しの毒牙にかかっているんだ」

「それは大変だ」マディガンは同情した。「何という名だ?」

「カーメラ・ジェヌアルディです」モートが答えた。

「ああ、カーメラか！　ということはニックの……」

「ニックって?」ジョニーが尋ねる。

「ニック・ボサポポロスとか、そんな名前だったな。略してニック・ボスと名乗っているよ」

「ニック・ボスといったか?」ジョニーがわめいた。

「ああ、やつはこの町の高利貸しの半分を牛耳っている。誰でも知っていることだ。われわれの役には立たないがね……」

「ニック・ボスというと、ウェストアヴェニューで海綿を売っている男か?」

マディガン警部補は肩をすくめた。「海綿販売だか何だかを、隠れ蓑にしているのだろう」

「何てこった！」サム・クラッグが叫んだ。

ジョニーはベッドにどさりと座った。「だから、時計ひとつに七万五千ドル払えるわけか！」

「えっ?」マディガン警部補がいった。

「パートリッジは、あんたにそのことをいわなかったか?　ボスもクイゼンベリーの一件にどっぷり浸かってるんだ」

マディガン警部補は顔を赤くした。「やつのことなど、ひとことも聞いていないぞ。ほとんど何も聞いていない。パートリッジは自分のアリバイをしつこく主張し、クイゼンベリーの女房は弁護士を呼べとわめく。しまいには解放するしかなかった。さあ、いうんだ、フレッチャー。ボスがどうかかわってる？」

「行って、やつと話そう。今すぐに」

「いいとも。道中、話をしよう。正面にリムジンが止めてある」

サムとモートは着替えを済ませ、全員が部屋を出た。ロビーではピーボディが家具の継ぎ目に指を走らせ、掃除人がほこりを見落としていないか確認していた。マディガン警部補を見ると、彼は叫んだ。

「やっぱりだ、フレッチャー！　またトラブルを抱えているんですね」

「まさか、ピーボディ！　こいつはピンチじゃない。それと、ホテルのロビーでそんな中傷的な言葉を使ってくれて礼を言うよ」ジョニーはドアへ向かいながらひとりごちた……。「月が変わるまであと二日しかない。やっこさん、驚くぞ！」

フォックス刑事がリムジンの運転席に座っていた。ジョニーとサムとは顔見知りだったが、それほど熱烈に歓迎してはいなかった。モートがフォックス刑事の隣に座り、残りは後部座席に座った。

マディガンはフォックスに、ボスの会社の住所を伝えた。車が西の高速道路を目指すと、彼はジョニーにいった。

「ヒルクレストの友人メリーマンが、今朝、電話をよこした。何者かが、署員だといってゆうべ電話してきたそうだ……おまえが〈ラッキーセブン〉を出た直後にな。何が狙いだ、フレッチャー？」

「ジョー・コーニッシュは、ゆうべ強盗と格闘したと主張していた――おしゃべり時計が盗まれたときにね。昨日、おれが彼を見たとき、顔に絆創膏を貼っていた。メリーマンはそれは見せかけだといった。これでわかるか？」

「ああ！　コーニッシュは強盗と格闘などしなかったんだな？　つまり、やつが自分で時計を盗んだと？」

「最初はボニータのためだと思った。彼女はボスにそいつを七万五千ドルで売りたがっていた。シンプル・サイモンのじいさんが一文無しでくたばって、夫に一ドルも遺さなかったのでね」

「どのみち夫のものにはならないのに、なぜ時計を盗まなきゃならない？」

「それなんだ。彼のものにはならないのさ。時計はラスクの娘のものになる。あの老人は、時計を無条件で孫のトム・クイゼンベリーに譲ったようだ――本人よりも先に死んでしまった孫のことだが。そいつはダイアナと結婚していた。したがって、時計は彼女のものになる」

「なぜ誰もそのことをいわないんだ？」マディガンが怒鳴った。

「おれみたいに訊いて回ればいいじゃないか。そういえば、コーニッシュはどんなふうに殺されたんだ？」

「よくあるやり口さ。銃だよ。三二口径のオートマチック。耳の後ろを一発だ」

「小型の銃だな」ジョニーがぶつぶついった。「しかも耳の後ろか。ふーむ」

「夫人ってこともあるぞ。まあ、彼女には部下をふたりつけた。〈ソレンソン〉にチェックインしている……」

「パートリッジもそこに泊ってるぞ」

「知っている。だが階は別だ。パートリッジにも部下をふたりつけている。それから……ああ、メリーマンが、ヒルクレストの娘と話をしている。それで思い出したが、ゆうべ彼女をこっそり逃がしたのはずるいぞ。男のほうはつかまえたがね……タマラックは」

「どこで?」

「ああ、やつが東五十七丁目のアパートメントに戻ってくるのを待ち伏せしたのさ。それでおまえのところへ行く時間がなくなったんだ。やつは午前二時まで姿を見せなかった。あの娘をはるばるヒルクレストまで送っていたのさ。タマラックのことをどう思う?」

ジョニーは肩をすくめた。「やつはあの子に熱を上げてるんだ。坊やがいなくなった今となっては、やつに勝ち目があるかもな」

「彼はここ二年、事実上、自分が時計工場を経営していたといった。ところがエリックは、昨日やつを解雇した」

「エリックが? そいつは驚いたな。ネズミが雄猫になったか。最初に妻を叱り飛ばし、次には親父さんのお気に入りをくびにした。自分が実権を握ろうとしているようだな」

フォックス刑事が肩越しにいった。「着きましたよ、警部補。しかし——なんて場所ですかね?」

「わかってる、フォックス。そのでかいキャデラックの後ろに停めてくれ」

フォックスはそれに従い、彼らはリムジンを降りた。ジョニーはリムジンの前へ行き、ドアのモノグラムを見た。「N・Bか」彼はいった。

「何の用だ?」運転席の、顎のがっしりした男がいった。

マディガン警部補はフォックス刑事を見て、屈強そうな運転手のほうへ顎をしゃくった。フォックス刑事がそっちへ向かい、マディガンたちは海綿会社に入っていった。

ロックフォールチーズのような顔色の受付係は、落ち着かない様子で一行を見た。その手がそわそわと動き、デスクの下へ向かう。

「やるといい」マディガンが低い声でいった。「合図を送ってくれ。おれたちは踏み込むからな」

彼らはそうした。ニコラス・ボスのオフィスに入ると、海綿業者は布張りの椅子にゆったりともたれ、マニキュアをほどこした指でテントを作っていた。

「おはよう、マディガン警部補」彼は愛想よくいった。「それに、わが探偵諸君。時計が見つかったのかね？」

「その話はすぐにするよ、ボス」ジョニーは警部補を遮っていった。「それとは別に、はっきりさせたいことがある。カーメラとかいう役立たずは、あんたのところで働いてるのか？」

「カーメラ？　そんな名前は知らんね」

「あんたの取り立て屋のひとりだろう。やつはここにいるおれの友達に小金を貸して、それ以来、こいつを困らせてるんだ」

「取り立て屋？」ボスがいった。「金を貸した？　そのカーメラとは何者なんだ？」

「知っているはずだ」マディガンが口を挟んだ。「腕っぷしの強い、おまえさんの手下だよ」

悲しげな表情が、ボスの顔を覆った。「警部補さん、それは昔のことでしょう。ああ！　地区検事長は何もいいませんでしたよ。何も証明できなかったんですから。わたしはただの海綿輸入業者です。ちょっとした金を稼いで、趣味で時計を買っているんです。時計が大好きなので。それだけです。誰かを困らせたりしないし、そこらじゅうにいいお友達がいます……」

「お友達がいるんだよな」マディガンが不気味な口調でいった。「あんたにお友達がいるのはよく知ってるさ。ちょうどいい場所にな。だが、そのお友達でも助けられないことがある。そのひとつが殺人だ――」

「待ってくれ！」ジョニーが鋭くいった。「一度にひとつだ。モートはカーメラって野郎のことを考えて、刻一刻と震え上がっている。なあ、ボス、モート・マリはカーメラから百二十ドル借りたんだ。カーメラにやめさせてほしい……。その金は、おれの報酬から引いてくれていい。覚えてるだろ？……」

ボスは情感たっぷりに肩をすくめた。「いいだろう。そのカーメラという男は知らないが、知り合ったらいっておいてやる。モート・マリから手を引けとね。さて、その殺人とやらは何なのかね？……」

ジョニーはモートの腕を軽く叩いた。「これでいい、相棒。もう帰っていいぞ。けりはついた。あとで会おう」

モートは深いため息をついて、部屋を出た。

ジョニーはニコラス・ボスに向き直った。「朝刊で、ジョー・コーニッシュのことを読んだだろう……」

「気の毒に。なぜ警備員が殺されなくてはならないんでしょう？」

「それを訊きたかったんだ」マディガン警部補が厳しくいった。「あんたがこの件に首まで浸かっているのは知っている。おしゃべり時計に法外な値段を持ちかけたんだろう」

「ああ、それは本当ですよ。わたしは時計が好きで、あれはとてもいい、古い時計です。趣味としてほしくてね。ほかにもたくさんの時計を買っています」ボスはマニキュアを塗った手をひと振りし、オフィスじゅうの時計を示した。

「こんな話をしていても何にもならない」マディガンは怒っていった。「ここで話したくないなら、ボス、署に来てもらおうか」

「いいですとも。逮捕状はありますか？　事件が起こったのはウェストチェスター郡だと思いましたが」

「わたしはウェストチェスター郡警察と協力しているし、逮捕状も簡単に取れる。わかっているはずだ。昨日の午後はどこにいた、ボス？」

「このオフィスです。仕事をしていましたよ……」

マディガンは額にしわを寄せた。「こんな質問をするとは、おれもよくよく間抜けだな。おまえが自分の手を汚すはずがない。それに、おまえのために働く殺し屋は多すぎて、一網打尽にするには一か月かかるだろう。もう一度、最初から訊こう……どうしてあのおしゃべり時計がほしいんだ？」

「ひとつ質問がある」ジョニー・フレッチャーが割って入った。身を乗り出す。「おしゃべり時計は、三時に何といった？」

そのとき初めて、ジョニーはニコラス・ボスの顔に感情がよぎるのを見た。輸入業者で高利貸しのオリーブ色の肌は、まさしく二段階は色を失った。

「な――何といったかは知らない」彼はつかえながらいった。

ジョニーは無言でうなずき、半分ドアのほうを向いた。「時間を無駄にしたようだな、警部補」

マディガンはしぶしぶ身を引いた。彼は弱々しいため息をついた。「わかった。あとでまた会おう、ボス」

外では、キャデラックの運転手がハンカチを鼻に当てていた。フォックスは警察のリムジンに寄りかかり、右の拳をさすっていた。

マディガンは車に向かったが、ジョニーはためらった。「ここで別れることにしよう、警部補」

「どうしてだ?」

「生計を立てなきゃならないんでね。ちょいと本を売ってこようと思って」

「何か企んでいるんだろう。あの時計のことだな。時計が三時に何といったかとおまえが訊いたときの、ボスの顔を見たぞ……」

リムジンの警察無線が、急にいった。「マディガン警部補、応答せよ。マディガン警部補、応答せよ」

マディガンはリムジンのドアを開け、手を伸ばしてスイッチを入れた。「マディガンだ。何があった?」

「ヒルクレストのメリーマンから電話です」無線の声が答えた。「おしゃべり時計が戻ってきました」

「何だって?」マディガンは叫び、無線を切って車を出た。「オーケー、フレッチャー。もう行っていいぞ」

ジョニー・フレッチャーは顔をしかめ、サム・クラッグに合図した。ふたりはぶらぶらと角を曲がったが、曲がったところでジョニーは商店の向かいの葉巻屋へ突進した。サムが追いついたときには、ジョニーはすでに電話ボックスの中で、投入口に五セント硬貨を入れていた。

しばらくのち、彼はクイゼンベリー家の使用人と話をしていた。「エリック・クイゼンベリーと話がしたい。ジョニー・フレッチャーからだと伝えてくれ」

長い間があって、エリック・クイゼンベリーの声が受話器越しに聞こえてきた。「もしもし、ミスター・フレッチャー？」

「たった今、ニューヨークの警察から、おしゃべり時計が戻ってきたと聞いた。どんなふうにして戻ったんだ、ミスター・クイゼンベリー？」

「それが、驚いた話なんだ、ミスター・フレッチャー。わたしにもわからない。昨日は確かになくなっていた――金庫の中から。ところが今朝、時計部屋に入ったら、ほかの時計の真ん中に鎮座しているじゃないか。すぐに警察に知らせたよ。今――ここに来ている」

「ああ！」ジョニーは唇を噛んだ。「ミスター・クイゼンベリー、今日は会社へ行くのかな？」

「ああ、もちろん。実は、警察の対応が終わったらすぐに行くつもりだ」

「よかった。午後に会社に寄るよ。たぶん……そのときに、大事な話ができるだろう」

「何だって？　どうしてこの件に、そんなに関心があるんだ？　きみは別に――」

「おれはトムの親友だったからさ。あとで会おう、ミスター・クイゼンベリー」

彼はいきなり電話を切った。店を出ながら、サム・クラッグが不満げにいった。「妙な話だ。泥棒が時計を返すなんて。そのために人殺しまでしたというのに」

「そんなことは百も承知だ、サム。妙なだけじゃなく、ありえない。おれは信じないね。ただし……時計が盗まれなかったとすれば話は別だ」

「はあ？　クイゼンベリーが犯人だっていうのか？　まあ――やつしかいないだろ？」

「そうかもしれない。エリックは自立しようとしている。昨日、妻を放り出し、タマラックをくびにした。これまで、そんな度胸はなかっただろう。ひょっとして……時計盗難の一件は、ボニータとの関係を危機に陥らせるためかもしれない。あの男を見くびっていたようだ」

「あいつはラスクの母親にベタ惚れだ。彼女は一本筋の通った女性のようだな」

「たぶん背中に込め矢を突っ込んでるんだろう。とはいえ……タクシー！」

「またタクシーか？」サムが叫んだ。「こんな懐具合なのに？」

「この事件からは、もっと金が引き出せるさ。運転手さん、レキシントン街と六十丁目の角までやってくれ」

第十九章

二十分後、ジョニーは運転手に一ドル四十セント払い、サム・クラッグはうろたえた。

「ここまで来るのに、一ドル四十も払うのか?」彼は愚痴をこぼした。

「道の向こうに時計店がある。おまえはここで待ってろ。おれひとりで行く」

ジョニーは道を渡り、アンティーク時計の店に入った。ジョニーとわかるなり、店主は叫んだ。

「また来たのか? 今日は何の用だ?」

「何って、時計についてもう少し情報を仕入れたいと思ったんですよ。記事のためにね……」

「記事? 新聞? 昨日、あんたが帰ってから、記事にするのに面白そうなことを思いついたものだから『ブレイド』に電話したんだ。そうしたら、何といわれたと思う?」

ジョニーは顔をしかめた。「おれはそこでは働いてないってことだろ。わかった、白状する。おれは刑事で、クイゼンベリー事件を捜査してるんだ」

「どうして昨日、そういわなかった? もうひとりの男はそういったぞ」

「もうひとりって?」

「午後、ここに来た刑事だ。名前はいわなかったが」

「どんな格好だった?」

時計屋は肩をすくめた。「刑事がどんな格好をするかって？　制服は着ていなかったよ」

「何を訊かれた？」

「知らないのか？　同じ署から来たんじゃないのか？」

「事件の捜査は六人がかりでやってるんだ。たぶん、ここに来たのはスノッドグラスだろう。なあ、昨日あんたは、この時計が披露されたのを見たといっただろう？　しゃべるのも聞いたんだろうな？」

「もちろんだ。そういい声じゃなかったがね。小さすぎた」

「おれも一度聞いたんだ。興味があるのは、どんなふうにしゃべったかじゃなくて、どんなことをしゃべったかだ。それぞれの時刻にどんなことをしゃべったか、少しでも覚えていないか？　たとえば、三時に？」

時計屋は顔をしかめた。「正確には覚えていないな。何度か違った時刻にしゃべるのを聞いたが。取り立てて妙なことはいわなかった。つまらない言葉だよ」

ジョニーはため息をついた。「たぶん、おれが思い出させてやれるかもしれない。五時には、小さな人形が出てきてこういっていた。『五時。一日ももうすぐ終わり』とね……」

「ああ、そんな感じだったな。その次の六時には『一日が終われば、夜が訪れる』とか何とかいっていた」

「それで、三時には？」ジョニーは熱心に身を乗り出した。「その時刻のことを、思い出してくれないか？……」

「無理だ。それほど集中して聞いていなかった。六時が簡単だったのは、一日の終わりだし、あんたが五時の台詞をいって、時計が何といったかを半分思い出させてくれたからだ。しかし……」

「何だ？」

時計屋は指を鳴らした。「あるかもしれない！　そうだ！　思い出したぞ。最後にサイモンが時計を披露した二年前、展示会の特集記事になったんだ。このあたりに、その雑誌があるはずだ」

彼は部屋の奥へ行き、物入れを開けた。「ああ、あったぞ。二年分の『アメリカの趣味人』だ」

ジョニーはカウンターの横に回った。「探すのを手伝おうか？」

「ああ。ええと、二年前の展示会は夏だったな。確か七月だ。記事が載るのは八月号だろう。一九三八年八月号を探してくれ……」

時計屋が雑誌の山を引っぱり出し、ふたりは探した。一九三八年八月号を見つけたのはジョニーだった。

「あったぞ！」

ふたりはカウンターに雑誌を広げ、熱心にページを繰りはじめた。

「時計展示会！」時計屋が読み上げた。「これだ……そう、『サイモン・クイゼンベリーのおしゃべり時計』だ。十二時にはこういっている。『十二時。正午、そして真夜中。疲れし者よ、神が汝らを安んぜんことを……』」

「三時だ！」ジョニーが怒鳴った。「『三時。われわれが荒けずりでやっておいても、ちゃんと仕上げてくれる天の配慮というものがある』（『ハムレット』五幕二場）」ジョニーは驚きとともに大声でいった。

「シェイクスピアだ。今、思い出した」

「しかし、これじゃ意味がない！」ジョニーは叫んだ。

「ほとんどそんなものだ。大事なことはいわなかったといっただろう」

ジョニーはうめいた。その目が、ふたたびページに落ちる。それから彼は叫んだ。「見てくれ——五時を！『わが運命を決めるのはわれなり。わが魂を制するのはわれなり』（ウィリアム・アーネスト・ヘンリーの詩「インビクタス」）」

「ヘンリーだ」時計屋が指摘した。「うーむ。六時の記憶は正確じゃなかったな。こういっている。『夜の帳が下り、朝が訪れるとき……』」

「違う」ジョニーがいった。「五時には、時計はこんなことはいわなかった」

「どうしてわかる？」

「この耳で聞いたからだ。そいつは『五時。一日ももうすぐ終わり』といったんだ」

「勘違いだろう。わたしも何度か聞いたが、正確には覚えていない」

「だけど、おれは覚えている。間違いない。一週間前にあの時計がしゃべるのを聞いたときには『五時。一日ももうすぐ終わり』だった。はっきりと覚えている」

時計屋は肩をすくめた。「それに何か違いがあるのか？　サイモンはレコードを何枚か持っていたんだろう。それぞれ違うやつをな。昨日来た刑事も、そのことを訊いていったよ」

「何て訊いたんだ？」

「時計のレコードは交換できるのかとね。わたしはできるといった。ただし、レコードを作るのがかなり難しい。記憶が確かなら、金合金でできた盤なんだ。刑事がわたしに、こういう盤が作れるかと訊いたので、作れないと答えたよ」

「それで？」

「レコード会社を当たってみたらどうかと提案した」

ジョニーは背筋を伸ばした。「なあ、この古雑誌に用はないだろう。ちょっと貸してくれないか」

「構わんが、条件がある。一件落着したら、おしゃべり時計の裏話を聞かせてくれ」

「取り引き成立だ、ミスター」

ジョニーは雑誌を丸め、時計屋に礼をいって店を出た。道を渡ると、サム・クラッグが近づいてきた。

「見るなよ、ジョニー。おれの後ろ――右側――の、葉巻屋の入口に、おれたちを尾行しているやつがいる。

「尾行?」ジョニーはサムの警告も無視して、葉巻屋に目を向けた。

ひとりの男が店を出てきた。ジョニーは叫んだ。「古顔だ!」

「古顔だって?」サムは目をしばたたいた。

「ミネソタの浮浪者さ……。来い!」

あの浮浪者に間違いない。男はいつにも増してみすぼらしく、不潔だった。そして、ミネソタのときと同じように、ジョニーとサムが襲いかかってくると見るや、驚くべき速さで逃げ出した。

六十丁目の角まで来たときには、男は彼らより六十フィート先行していたが、ふたりが角を曲がったときには、その差は八十から九十フィートにまで開いていた。

「くそっ!」ジョニーは息を切らせていた。「また逃げられた……」

彼は肩越しにタクシーを探したが、どこにも見当たらなかった。歯ぎしりし、持てる力のすべてを使って走った。だが、無駄だった。

古顔はふたりに百二十フィートの差をつけて、三番街に差しかかった。南へと曲がり、ジョニーが角まで来たときには、姿を消していた。

ジョニーは足を止め、サム・クラッグが追いつくのを待った。「また逃がしたか」うんざりしたようにいった。「おれたちは自分を恥じたほうがいいかもしれないな。あんな年寄りに……。ああ、くそっ！」

「あの走り方からすると、オリンピックの勝者に違いない！」サムが大げさに褒めたたえた。

「だが、ひとつわかったぞ。古顔はミネソタであの坊やを殺した。そいつがニューヨークにいるのは偶然じゃない。しかし……やつは今朝、どうやっておれたちを見つけたんだ？」

「ホテルだろう。たぶん、そこからボスのところまで、ずっとつけてきたんだ……」

「だが、おれたちがニューヨークにいるのを知っているのは、ほんのひと握りだ。ええと、マディガンを除けば、パートリッジ、エリック・クイゼンベリー、ラスク母娘、ウィルバー・タマラックくらいのものだろう」

「ギリシア人は？」

「かもしれないな。モートはカーメラか、それ以外のボスのゴリラのひとりに尾行されていたのかもしれない。パートリッジにも同じことがいえる。やつの手下は、おれたちの居場所を知っている。だがおれたちには、見た目では誰が手下かわからない。うーむ。パートリッジの部下のひとりが、坊やと手を組むためにミネソタへ行ったのかもしれないな。どっちにしても、もうどうでもいい。おれは一切を放り出したいよ」

「そいつはいい」サム・クラッグがいった。「大賛成だ。仕事に戻って小金を稼ごうや。もうすぐフロリダでいい季節が始まる。冬はそっちで過ごしたい」

ジョニーは不機嫌に肩をすくめた。「そうしたくないやつがいるか?」

「じゃあ、決まりだな?」

「たぶんね」ジョニーはポケットから五セント玉を出し、宙に放った。手慣れたしぐさでつかむ。

「電話をかけてくる」

サム・クラッグがうめいた。「今いったばかりじゃないか――」

「まだ冬じゃない。フロリダは逃げないさ」彼はサムを外に置いたまま、ドラッグストアに入った。

クイゼンベリー時計社の番号を探し、電話ボックスに入ってダイヤルする。

「ミスター・エリック・クイゼンベリーは、もう出社しているかな?」交換手が出ると、彼は訊いた。

「出社していますが、今は電話に出られる状態ではありません。工場で大変なことが起こっていまして……」

「わかった。じゃあ、ミスター・ウィルバー・タマラックにつないでくれ」

「申し訳ありませんが、ミスター・タマラックは、もうこちらでは働いておりません」

「どういうことだ?」ジョニーが大声をあげた。「ミスター・タマラックは、おたくの営業部長じゃなかったのか?」

「以前はそうでした。昨日、当社との関係を解消したのです」

ジョニーは仰天したふりをした。「じゃあ、自宅の住所を教えてくれないか? 大事な要件があって、連絡を取りたいんだ」

「少々お待ちください……。ああ、ありました。東五十七丁目の〈シャンティクリア・ホテル〉です」

「ありがとう」ジョニーはそっけなくいい、受話器をフックに叩きつけた。電話をにらみつける。「大した忠誠心だ。おれが令状送達者で、やつを探しているんじゃないと、どうしてわかる？　めったに人の住所を教えないことを、学んだほうがよさそうだな……」

彼はドラッグストアを出て、サムを拾った。「気晴らしにタマラックのところへ行って、おしゃべりしよう。近くに滞在している。やつはクイゼンベリーにむかっ腹を立てているから、本音で悪口をいうだろう。こんな機会はまたとない」

「案内してくれ」サムはため息をついた。「おれに反対できるか？　知っての通り、おれはただのボケ役だ」

ジョニーはにやりとした。「自分を哀れんでるのか？」

ふたりは〈シャンティクリア〉まで元気よく歩いた。ジョニーは目にしたものにいたく感心した。

「あの男は、ずいぶん給料をもらっていたようだな。それとも、レジの金をくすねていたか」

ドアマンがドアを開けた。贅沢な内装のロビーでは、制服を着た案内係が彼らの名前を聞き、タマラックの部屋に電話した。

「ミスター・タマラックはお会いになるそうです。一一〇四号のスイートルームです」

十一階では、タマラックが部屋のドアを開けて待っていて、ぶっきらぼうにふたりにうなずいた。

「ここの住所を誰に聞いた？」彼の第一声はそれだった。

「会社に電話してね――」

「さもありなんだ。まあ、入りたまえ。ちょうど荷造りをしていたところだ」

ふたりは部屋へ入った。階下のロビーよりもさらに趣味のいい内装だった。「いい部屋だな」ジョニーはいった。「引っ越すのか？」

「引っ越さずにいられるか？　職を失ったんだぞ。そのことも会社から聞いただろう？」

「あんたが関係を解消したといってた」

「馬鹿いうな！　クイゼンベリーがやってきて、事前通知もなしに解雇したんだ。まあ、後悔させてやるさ」

「するだろうな。聞いた話では、商売のことはあまり知らないようだから」

タマラックは鋭くジョニーを見た。「そのうち学ぶさ……すぐにもな！」

ジョニーは物問いたげにタマラックを見たが、相手は詳しく説明しなかった。代わりに、酒の並んだ戸棚を開けた。「飲むか？」

「ああ、もちろん」サムがいった。

「いいや、結構」ジョニーがいった。「朝食もまだなんだ」

「ずいぶん早くに出たんだな」タマラックは咳払いした。「なあ、フレッチャー、わたしはきみを誤解していたかもしれない。ゆうべはずいぶんと嫌味をいったが、あの子――つまり、ダイアナの話を聞いて、だいたい納得した」

「おれがただのお節介焼きだということを？」

タマラックはにやりとしそうになった。「きみの友達の刑事にも、話を訊かれたよ」

「ああ、マディガンか？　あいつの事件を解決してやってるんだ。どんなことをいっていた？」

「彼らが容疑者に訊く、ありふれたことだよ。六月十二日の夜、どこにいたかとね」

ジョニーは咳き込んだ。「どこにいたんだ？」

「六月十二日の夜か？」

「最初から聞きたい。エリック・クイゼンベリーは、いつミネソタに発った？」

「向こうの保安官から電話があったその日だ。わたしは会社でその電話を受けて、彼に伝えた。彼は一時間もしないうちに出ていったよ。三日間帰ってこなかった」

「その三日間、あんたはニューヨークにいたんだな？」

タマラックはあからさまに笑った。「そういうと思ったよ。いいや、フレッチャー、その三日間、わたしはニューヨークにはいなかった。セントルイスとカンザスシティにいたんだ。オマハにもね。全部で五日間の出張だった」

「わかったよ」ジョニーは考え込みながらいった。

「本当に？　たまたま、わたしはクイゼンベリー時計社の営業部長だったものでね。月に平均十日は外に出ている立場なのさ。より大きな利益を求めてね」

「まあ、おれがそのことを訊いたって責められる筋合いはない。あとひとつだけ。時計会社にはどれくらい勤めていたんだ？」

苦々しげな表情が、タマラックの顔をよぎった。「十四年間だ。わたしはここの仕事しか知らない。大学を出てすぐに就職したんだ」

「おれも会社勤めをしたことがある」ジョニーはいった。「社長の息子が入社して、副社長にまで昇進した。半年でな。それきり、おれはその会社に行かなかった」

タマラックは笑みを浮かべそうになった。「きみたちがヒルクレストでどんなふうに稼いだか聞いたよ。あれを仕事というんじゃないだろうな？」

「サムが仕事をする。おれはしゃべる。しゃべるのが好きなんだ」

「そのようだな」タマラックはそっけなくいった。「だが、もしよければ、荷造りしなくてはならないものがたくさんあるんだ。たまたま今日で契約月が終わるし、無職の身なので、もっと安いところに引っ越さなくてはならないのでね」

「〈四十五丁目ホテル〉は安いぜ」とジョニー。「だが、そこへ行くなら、おれの名前は出さないほうがいい。前金で取られるだろうからな！　さてと、また会おう、タマラック」

〈シャンティクリア〉を後にしたジョニーとサムは、レキシントン街に引き返した。そこから地下鉄に乗り、グランドセントラル駅へ。シャトル列車で町を横切り、タイムズスクエアへと向かう。通りに出ると、ふたりはホテルへ行き、ダイニングルームで遅い朝食をとった。

食べ終えると、ふたりは部屋に戻り、ジョニーはポケットから『アメリカの趣味人』を出した。

「サム、よく考えてほしい。おれたちがコロンバスの質屋――アンクル・ジョーの店――にいたとき、おしゃべり時計は何といっていた？」

サムは手の甲で顎をさすった。「五時で、一日が終わるとか何とかいってたな」

「ああ、かなり近いな。そいつは『五時。一日ももうすぐ終わり』といっていた。そこでだ、ここにあの時計についての雑誌記事がある。それぞれの時刻に何というかの一覧表もついている。五時にはその時計は、詩人めいたことを口走っているんだ。『わが運命を決めるのはわれなり。わが魂を制するのはわれなり』とね」

「何かの本で読んだな」サムがいった。

「おれもだ。さて、三時には時計はこういってる。『われわれが荒けずりでやっておいても、ちゃんと仕上げてくれる天の配慮というものがある』この言葉に、二万五千ドルの価値があるか?」

「えっ?」

「おととい、おれたちがクイゼンベリーの家に行ったときには三時だった。覚えてるか? 時計がいっせいに鳴り出す前、ニック・ボスはおしゃべり時計に五万ドルの値をつけた。騒音が始まると、やつは時計に耳をくっつけて聞いた。やがて、静かになったとたん、掛け金を七万五千ドルに吊り上げた」

「時計がしゃべったことを聞いたからか?」サムが叫んだ。

ジョニーはベッドに体を投げ出した。「それがわかればな。それに、おれが警察だったら。今のおれには手に入らない、たくさんの疑問の答えがわかっただろう」

「たとえば?」

「そうだな、たとえば、一ダースの部下を市内の全レコード会社に派遣し、金合金製の小さなレコード盤を作っている会社を見つけさせる。それに、クイゼンベリー家について、いろいろなことがわかるだろう。ジム・パートリッジは、その点でおれたちより有利だ。五人から六人の部下がいるからな」

サムは鼻で笑った。「ちょっと前には、放り出したいといってたじゃないか」

「やめてたまるか。今やこの事件のことを、誰よりもよく知っているのに、それでも足りない。殺人者の名前も知らない……それに、おとといの三時、おしゃべり時計が何といったかも」

「ニック・ボスは知っている」

「だがニックは、絶対にいわないだろう」

「おれの考えじゃ」サムがいった。「やったのはあの男だ」

「何だって？　やつが時計を盗んで、返したというのか？　そいつはコーニッシュを殺した人物でもあるんだぞ……それに……いいや、やつがミネソタの古顔であるはずがない」

「なぜそうじゃないといえる？　ニックは素晴らしい肉体の持ち主だ。見せかけようとしているほど弱虫じゃない。それに、自分のために働くギャングどもを抱えている」

「そいつらのひとりかもしれないな。あるいはジム・パートリッジか、その手下のひとりか。エリック・クイゼンベリーという可能性だってある。ラスクの娘は、自動車を使って彼よりも先にミネソタに来た……だが、仮にあの男が列車ではなく飛行機を使ったとしたら？　おれたちより先に、刑務所に放り込まれる時間があったはずだ」

「だけど、あいつは父親だぞ、ジョニー！」

「父親が子供を殺すこともあれば、その逆もある。ときには、七万五千ドルよりずっと少ない金のためにな。そういえばおれたちは、ジョー・コーニッシュが先週、屋敷を何日か留守にすることがあったかどうかすら知らない。それは調べがつくだろうがね」

「じゃあ、やればいい」

「何のために？　コーニッシュはもう死んでいるんだぞ。いい証人にはならない。うん、ボニータがコーニッシュを送り込んだ可能性もあるな。そして昨日、分け前を惜しんでやつを殺した」

そばの台の上で電話が鳴り、ジョニーは身を乗り出して受話器を取った。気軽な調子で「もしもし」といったあと、身をこわばらせる。

「ミス・ラスクという方がお会いしたいそうです、ミスター・フレッチャー」交換手の声がした。

「上がらせてくれ！」

彼は受話器を置き、サム・クラッグを見た。その目が光っていた。「ラスクの娘だ。面白いことになりそうだぞ」

第二十章

しばらくして、ダイアナ・ラスクがドアをノックし、ジョニーは中に入れた。彼女の顔はやつれ、目にはどこか怯えたような表情がある。

彼女は茶色い包装紙で包み、丈夫な紐で縛った大きな荷物を持っていた。重そうだ。

ダイアナは化粧台の上にその包みを置いた。

「元気かい、ミス・ラスク」ジョニーがいった。「座ったらどうだ?」

彼女はかぶりを振った。「長居はできないわ。ちょっと――話をしに寄っただけだから。真っ先にお礼がいいたいの。公衆の面前で刑事に質問されるような、気まずい場面から救ってくれて」

ジョニーは鷹揚に手を振り、彼女が続けるのを待った。彼の目が包みに向かう。それはおしゃべり時計が入るくらい大きかった。

ダイアナの鋭い、白い歯が、下唇を引っぱった。やがて、彼女は深呼吸した。

「ミスター・クイゼンベリーのことなの。警察は――あの人を疑っているみたいで……」

「ジョー・コーニッシュ殺しで? 当然だ。だが、逮捕はしていない。今後もすることはないだろう……当面は」

「え――ええ。でもゆうべは何時間も彼に質問をして、今朝もまた。母は……心配してるわ」

「わかるよ」ジョニーは考え込むように彼女を見た。このことで、つらい思いをしているのは明らかだ。彼が包みに注目しているのを見て取り、ダイアナが切り出した。

「母はあなたにとても感心しているの。あなただけが――わたしとトムのことに気づいたと。その後、母はあなたが本を売ったときのことを耳に入れた。母はあなたを素晴らしいセールスマンだと思っているし、わたしたちにはミスター・クイゼンベリーを助けるお金がないから、それで母は……」

彼女は包みに目をやった。「ミスター・クイゼンベリーは、わたしにおしゃべり時計をくれたわ。これはわたしのものだから、自分が持っていても仕方がないって。それでわたしたち、母とわたしは考えたの。あのミスター・ボスという人が……」

「ああ！　やつに時計を売りたいんだな？」ジョニーは唇を歪めた。彼女のやり方は、控えめにいっても世間知らずだ。まずは同情を引き、次に媚を売る。「おれに時計を売ってほしいのか？」

彼女は首を縦に振った。「ええ。ミスター・ボスは……大金を申し出たわ……でも、本気かどうかわからない。ありえない気がするもの」

ジョニーは化粧台に近づいた。「時計はあんたのものだ。売りたいというなら、好きにすればいい。よし、一緒にボスに会いにいこう。おまえはここで待ってろ、サム」

外に出ると、ジョニーはタクシーを拾った。ふたりして乗り込み、南へ向かう。するとダイアナ・ラスクが、ようやく打ち明けた。「時計はもう……しゃべらないの……」

ジョニーはさほど驚かなかった。盗人は新しいレコードを作るのが難しすぎて、レコードなしで時計を返したのだろう。

「壊れているの」ダイアナは続けた。「本当は壊れているわけじゃないけれど、声の入ったレコードがなくなっているの。別に……大した違いはないでしょう?」

「ああ、ないとも」ジョニーはいった。「違いはない。ほとんどないさ。レコード盤なんて、一ドルで買える……。今、何時だ？　時計は持っているんだが、コロラド州デンヴァーの質屋に預けてあるんでね」

彼女は腕時計を見た。「十二時十分前よ」

ジョニーは運転手に声をかけた。「ゆっくり行ってくれ。十二時前には着きたくないんだ」

彼はダイアナに向かってにやりとした。「これなら、一時までは時計がしゃべらないのに気づかれない。好都合だ。どのみち、やつは以前、時計がしゃべっているのを聞いているからな」

ふたりは十二時二分過ぎに、ニコラス・ボスの会社に着いた。「戻ったぞ」ジョニーは受付の女性に明るくいった。「ギリシア人に贈り物を持ってきた」

「それをいうなら」受付嬢が辛辣にいった。「『ギリシア人の贈り物には気をつけろ（トロイの木馬の故事より）』でしょう。ミスター・ボスの手が空いているかどうか、確認してみます」

彼は手が空いていた。そして、包みを見たとたん、その目が輝きだした。「何を持ってきたのかな?」彼は熱っぽくいった。

ジョニーは時計をボスのデスクの上に置き、大きな鋏でわざとらしく紐を切った。それから、包装紙を外した。

「ご覧あれ」彼はいった。「おしゃべり時計だ。あんたのものだよ、ミスター・ニコラス・ボス。時計蒐集界でも最高のお宝だ。たったの七万五千ドルであんたのものになる。それと、一万ドルでね」

ボスは驚いてみせた。「何の話だ？　七万五千ドルと……いくらだって?」

「一万ドル。時計を見つけたら、ささやかなボーナスとしてくれるといったろ。忘れたのか？　おれたちは三百ドルで仕事を片づけた。実際には、必要経費程度だ」

「どうかしてる！」時計コレクターはあえぎながらいった。「あんたは時計を見つけたんじゃない。なくなっていたわけじゃ……」

ジョニーはギリシア人に笑みを向けたが、目はきらりと光っていた。「すると、約束を破るんだな？　いいだろう……」彼は包装紙に手を伸ばし、時計を覆いはじめた。ボスが止めるのを期待して、ゆっくり時間をかける。

ボスは沈黙を守っていた。ジョニーはばらばらになった紐を集め、一本に結び直した。

「残念だったな」彼は張りつめた口調でいった。「あんたに最初に話を持ってきたが、あとふたり、候補者がいるんだ……」

ニコラス・ボスは穏やかに笑った。「いくらだ？　三千ドルか？　五千か？」

「ははっ」ジョニーは面白くなさそうに笑った。「相変わらず冗談ばかりだな。この古い時計は、いつでも八万ドルになるんだぞ」

「そういうことなら、わたしは手を引こう。別のやつに売るといい」

ジョニーのはったりは失敗に終わりそうだったが、彼は深呼吸し、もう少し長引かせることにした。紐を包みに巻きつける。だがそのとき、ダイアナ・ラスクがしびれを切らした。

「いくらなら払うの、ミスター・ボス？」

ジョニーはうめいた。彼女のおかげで勝負は負けだ。ボスはこの時計をほしがっているし、そのための金を払うだろう。払わせなくてはならない。

「二万五千ドル出そう」ボスがいった。

「使われている金《きん》だけで、それだけの価値がある」ジョニーが語気鋭くいった。

「冗談だろう」ボスはぴしゃりといった。「時計全体でも重さは十ポンドもない。金は五百ドル分といったところだ……三万ドル出そう」

「この前は、七万五千といってたじゃないか」

「ああ。だが、それはただの……口約束だよ。さて……」

「五万ドル！」ジョニーが叫んだ。

「三万五千」

ダイアナ・ラスクは驚いて口をぽかんとあけ、ジョニーは怒鳴った。

「四万、これ以上は一セントもまけられない」

ボスはデスクの引き出しを開け、小切手帳を出した。ジョニーが身を乗り出した。「小切手の宛名欄にはキャッシュと書いてくれ。ミス・ラスクが裏書きする。それでいいだろう」

「いいとも」ボスは薄く笑っていった。「銀行に電話もしようか？　わたしが金を持っていると思っていないんだろう？」

「四万ドルは海綿とはわけが違うからな。きちんと、法的に取り引きしよう。ほら――売渡証を書いてやる。『時計一点。通称、クイゼンベリーのおしゃべり時計。希少なアンティーク……四万ドル』サインしてくれ、ミス・ラスク」

細かな手続きは終わり、ジョニーは小切手をミス・ラスクに渡した。「これを持って銀行に行ったらどうだ、ミス・ラスク？　おれは別件でミスター・ボスに話がある」

「そうするわ。それと――本当にありがとう」

彼女は出ていき、ニコラス・ボスが皮肉そうに首を振った。「おまえさんは甘すぎるな、ミスター・フレッチャー。手数料も取らないとは。それに――はったり屋としてもお粗末だ。わたしが時計を持ち帰らせるはずがないとわからなかったのか？」

「わかってたさ。だが、彼女は知らなかった」ジョニーは険しい顔でいった。「さて、成功報酬の件だが……」

海綿業者はデスクの下のボタンを押した。オフィスの横のドアが開き、高利貸しのカーメラ・ジェヌアルディが入ってきた。

ボスがいった。「カーメラ、こいつが警察にあれこれ吹き込んだ男だ……」

カーメラはポケットから銃を出した。「あの出しゃばりか？　やってやろうじゃないか――」

ボスはかぶりを振った。「毅然と立ち向かうか、ミスター・フレッチャー？」

「いいや」とジョニー。「退散するよ。あんたが銀行に電話をしたらね」

「今しよう」ボスは受話器を取り上げた。「銀行につないでくれ、ミス・ディミトリオス」

ジョニーは銀行の支配人とボスの会話を聞く間だけ待って、その場をあとにした。逃げ出せてほっとした。ボスが我慢できずに時計の針を進め、しゃべらせようとしたかもしれないからだ。

〈四十五丁目ホテル〉に戻ったジョニーは、ヴィヴィアン・ダルトンがエレベーターに乗ろうとしているのに出くわした。美容院に行ってきたばかりで、新札のように見えた。

「あら、ジョニー・フレッチャー！」彼女があいさつした。「ちょうど、あなたとお友達に会いにいこうとしていたところよ」

「いつもひとりでほっつき歩いているようだな、ヴィヴィアン。親父さんはどうしてる?」

「ジム?　上々よ。いつものことだけれど。ボニータとは口もきいていないみたい――これも今に始まったことじゃないけれど。いつもそんな感じなの。だから、何の問題もないわ」

ふたりは八階にたどり着き、ジョニーは八二一号室のドアを開けた。サム・クラッグがベッドから跳ね起きた。

「ヴィヴィアン!」彼は叫んだ。「きみのことを考えてたんだ」満面に笑みを浮かべる。

「いい考えだといいけれど、サミー」

「失礼」ジョニーが皮肉を込めていった。「両親の話をしていたところだろう、ヴィヴィアン。仲直りできなくなって、がっかりしているんじゃないのか?」

「仲直りですって!」ヴィヴィアンが大声でいった。「ママには狙いがあったのに、当てが外れたのよ。お金目当てで男に近づく女性だと知っているでしょう。パパも昔はママを抑えつけていたけれど、だんだん手に負えなくなって、最近じゃ何もできないわ。わたしは別にどうでもいいの」

ダルトンの冷たい無関心に、ジョニーはかぶりを振った。「ほかに何か変わったことは?」

「あら、今はお昼時だから、あなたたちにおごってもらおうと思ったのよ」

「ちょうど朝食を済ませたところなんだ。だが、座ってくれ」

彼女はベッドに腰を下ろし、ハンドバッグから宝石をちりばめたシガレットケースを出すと、煙草を赤い唇にくわえた。高価なロンソンのライターで火をつける。

煙を吐き出し、彼女はいった。「狙いといえば、あなたの狙いは何なの、ジョニー・フレッチャー?」

「親父さんと一緒さ。金だよ」

「ううん。白状しなさいよ、フレッチャー。あなたたちはお金に、わたしが木綿の靴下に持つくらいの関心しか持っていない。ジムがお金ほしさに首を突っ込んでいるのは本当よ。でも、あなたたちはそうじゃない。お金がなくてものうのうとしていられる」

「おれは違うぜ」サム・クラッグが抗議した。

「そう？　お金があったら何をするの？　手品の道具を買う、それとも麦の乾燥機で吹き飛ばす？」

「手品？」サムがいった。「そうだ、あの煙草の手品を練習中だったんだ――」

「それはあとだ、サム」ジョニーが慌てていった。「おまえが新しいハンカチを買ってからな。わかった、ヴィヴィアン。あんたがしゃべるならおれも話そう。昨日、どうして囮になった？」

彼女は笑った。「囮っていう言葉、気に入ったわ。あのクラブで、ビール一本にどれくらいの歩合がつくと思う？」

「まったくつかないだろうね。おれがいってるのはそういう意味じゃないんだ。ゆうべ、おれたちをクラブに呼んだのは、特別な理由があったからだ。おれたちがウェストチェスター郡に行かないようにするためじゃないか？　たぶん、ヒルクレストに？」

彼女は横を向き、開いた窓から十フィート以上離れた地面に吸い殻を放った。「パパは、あなたたちの態度をやわらげようとしたけれど、できなかったといったわ。今もあなたたちと協力したがってる」

「ゆうべから？」

「ええ。ボニータは役に立たなかった。何も知らないんだもの」

ジョニーは非難するように彼女を見た。「母親をかばわないんだな?」

ヴィヴィアン・ダルトンは彼にウィンクした。「かばうわよ……その気になったら。でも、彼女とパパの仲は、また壊れても当然だわ」

彼女は立ち上がった。「さてと、昼食をおごってもらえないなら、自腹で食べることにするわ」

「またの機会にしよう。今日は金を稼がなきゃならない」

彼女はうなずいた。「ジムと手を組まない? 分け前ははずむといってたわよ」

「考えておくよ。親父さんは下で待ってるのか?」

「いいえ。警官につきまとわれているから。でも、事務所に電話するといいわ。パートリッジ探偵社で電話帳に載っているから」

彼女が出ていくと、ジョニーはベッドに体を投げ出した。サムはうろうろしながら、大きな手を組み、こぶしを鳴らしていた。

しばらくして、ジョニーがいった。「彼女のことをぶつぶついうのはやめろ。おまえが夢中になっているのはわかるが、あの血管には冷たい水が流れているんだぞ」

「おれは冷たい水が好きなんだ」サムがいい返した。「とにかく、彼女と昼食に出かけてもよかったのに」

ジョニーがため息をついた。「おれが何をするか教えてやろう、サム。おれはこの事件を解決し、誰かさんからたんまり金をせしめる。そうしたらおまえは、大いにヴィヴィアンの胸をときめかせることができる。それならいいだろう? で、おまえが金を使い果たしたら、おれが丈夫なロープを買ってやる。昔からあるロープの芸ができるようにな」

「いい思いをしたあとなら、死ぬのも構わない。だけど時間をかけて餓死するのは……」

ジョニーはベッドから身を起こした。「よし、最後の攻撃に出よう。この電撃戦に失敗したら、おれの負けだ」

「今度はどこへ行くんだ?」

「時計会社だ。エリックは、おしゃべり時計が何といったかを知る最後の望みだ」

ふたりは部屋を出て、エレベーターでロビーに向かった。

エレベーターを降りると、エディ・ミラーがジョニーの腕をつかんで小声でいった。「頭を低くして。早く。ボスが悪い知らせを受けたところですよ」

「何だ、エディ?　今月に入って初めてのことじゃないだろう」

「初めてかどうかは関係ないでしょう?　ああ、ああ、もう駄目だ!」

ミスター・ピーボディがオフィスを飛び出してきた。腕にズボンをかけている。青地に白いピンストライプのズボンだ。

「ミスター・フレッチャー!」彼はヒステリックに叫んだ。「ミスター・フレッチャー、お話があります」

「悪いな、ピーボディ」ジョニーは慌てていった。「仕事で人と会うので、急いでるんだ。話はあとだ!……」

「駄目です!」ピーボディが吠え、ジョニーの前に飛び出して、ドアへの道をふさいだ。「このズボンを見てください。あなたのスーツにぴったりだ」

「本当だ。偶然だな……」

「偶然！　こ――これは泥棒ですよ」

「それはおれのズボンで、あんたが盗んだといいたいのか？」

ミスター・ピーボディは喉を詰まらせ、それから早口でいった。「あなたのズボンですって！　あなたは……何があったか知っているんですか？　〈ハーゲマンズ〉がこのズボンをわたしに届けたんです。これともう一本、テントのように大きなやつを……」

「そいつはひどい」サム・クラッグがつぶやいた。

「それで〈ハーゲマンズ〉の人間が何といったと思います？」ミスター・ピーボディは続けた。「昨日は急いでわたしにスーツを届けたので、替えのズボンを忘れたと。だが、わたしはスーツなど注文していない。誰かが、わたしの掛売勘定と名前を利用したんです」ミスター・ピーボディの声は、当然のごとく甲高くなった。

「やったのはあなたでしょう、フレッチャー。自分と、そのヒヒみたいな友達のスーツを注文して、わたしのつけにしたんだ……。このズボンは、あなたのスーツにぴったりで……」

「ちっ、ちっ、ミスター・ピーボディ」ジョニーが高慢にいった。「きっと何かの間違いだ。すぐに誤解は解けるさ……あとでね。今はちょっと――」

「駄目です！　〈ハーゲマンズ〉に電話して配達員を呼び、相手を確かめてもらいます。それから――警察に逮捕してもらう。窃盗と詐欺の罪でね」

ジョニーはミスター・ピーボディの胸に手を当て、優しく、だが断固として押しのけた。「悪いな。だけど、ものすごく急いでるんだ」

「エディ！」ミスター・ピーボディが声を張りあげた。「やつを止めろ。警察に電話するんだ……」

最後にジョニーが肩越しにロビーを見ると、ベル・キャプテンがぶらぶらと電話に向かっていた。

通りに出ると、すいすい歩いていくジョニーの横を、サム・クラッグが小走りについてきた。「そろそろ年貢の納め時だぞ。ピーボディはこんなことが起こるのを待ってたんだ。おれたちを重罪で告発するだろうし、命があれば儲けもんだ」

「状況は厳しそうだな」ジョニーは認めた。「だが、何か考えつくさ。おれたちがムショにぶちこまれたことはないだろう」

「ない？　ミネソタのことはどうなんだ？」

「あれは別だ。ちょっと放っておいてくれ、サム。考えているんだ」

「あの替えズボンのことか？」

「それはおまえが考えておくべきだった。おれはそんな細々したことをいちいち把握しちゃいられない」

ふたりはタイムズスクエアを横切り、八番街へ向かった。足早に歩きながら、ジョニーの頭脳は猛烈に働いていた。もう身動きが取れず、奇跡が起こらない限り助からないことはわかっていた。奇跡、すなわち大金だ。その金の出どころは、おしゃべり時計の事件の犯人のはずで、唯一、ジョニーがそれを手にする望みがあるのは、謎を解決することだった。

おしゃべり時計が三時に何というかがわかるまで、その解決はもたらされないだろう。

クイゼンベリー時計社のビルに着くと、ジョニーは驚いた。ふたりのスト破り監視員が、ビルの前を行ったり来たりしていたからだ。サンドイッチマンのように体の前後に掲げた看板は、クイゼンベリー時計社は労働組合員全般と、特に時計メーカーの地方組合八十七を不当に扱っていると訴えていた。

「あの男には厳しいだろうな」ジョニーがいった。「たったの半年で採算を取らなければならない上、こんなことになったらさらに難しくなる。中へ入って、やつの記憶を確かめてみよう」

受付係が彼らの名前をエリック・クイゼンベリーに告げ、まもなくふたりは「1」という数字が書かれたドアを入った。

第二十一章

クイゼンベリーは悩んでいる様子で、ふたりを見てもそう嬉しそうではなかった。「重要な情報があるというのは？」

「それは、あんたが質問に答えられるかどうかによるね。ミスター・クイゼンベリー、あんたはおしゃべり時計をしばらく家に置いていた。それが何としゃべったか、注意して聞いたことはあるか？」

「いいや、どの時計にも関心を持ったことはない。父の馬鹿げた趣味だ。あんな時計を集めるのにひと財産注ぎ込んだ。時計はありとあらゆる馬鹿をやる。チャイムを鳴らしたり、犬がウサギを追いかけたり、中には一時間ごとに十二人のバレリーナが出てきて、跳び回るものもある。おしゃべり時計のことなど考えたこともないし、ほかの時計も同様だ」

「それは残念だ、ミスター・クイゼンベリー。どうやら、あれは大事な時計だったようだからな。だが、ここ二日間――おしゃべり時計に価値があり、ほかにこれといった財産がないことを知ってから――時計がしゃべるのを聞いた覚えがないか？」

「もちろんあるとも。聞いたのは間違いない。だが、何としゃべったかはよく聞いていなかった。重要な情報というのは何なんだ？　わたしは仕事で大忙しなんだ。その上、労働者問題まで起きている」

「外でストをやってるのを見たよ。全員が参加してるのか？」

「いいや。今のところ数人だ。タマラックの差し金だよ。わたしが解雇したものだから……」

「タマラックが従業員にストを呼びかけられるのか？　彼は経営者だと思っていたが」

「営業部長だ！」エリック・クイゼンベリーが鋭く訂正した。「口のうまいおべっか使いにすぎない。いつでも父にへつらっていた。わたしはあの男を評価したことはない」

ジョニーは考え込むようにうなずいた。「あの男はダイアナ・ラスクが好きなんだろう？」

エリック・クイゼンベリーは鼻の穴を膨らませた。「すぐにやめさせる。というか……」その顔が、突然真っ赤になった。

ワイシャツ姿の男が勢いよくドアを開け、大声でいった。「ミスター・クイゼンベリー、スト参加者のひとりが、裏手の窓に煉瓦を投げ込みました！」

「何だって！」クイゼンベリーが叫んだ。「わたしが何とかする。警察を呼ぼう……」彼はジョニーとサムの脇を急いで通り過ぎた。

ジョニーはサムを見た。手を伸ばしてドアに触れると、ばたんと閉まる。

「帰ったほうがいいと思わないか？」サムが、少し神経質にいった。

「なぜ急ぐ？　もう少しクイゼンベリーと話がしたい。やつには興味をそそられる。ひと晩で、根っからのオオカミに変わっちまった。女が男に及ぼす効果というのは面白い」

彼はクイゼンベリーのデスクを回り込み、クッションのきいた大きな回転椅子にどさりと座った。

「大物実業家に見えないか、サム？」

その肘が電話をかすめた。「さてと、長距離電話をかける相手がいるかな？」

彼は電話機をもてあそんでいたが、その目に驚きの表情が浮かんだ。「くそっ、どうして今まで気づかなかったんだ？　そうだった……」

「どうした、ジョニー？」

「オハイオ州コロンバスのアンクル・ジョーだ！　おれたちがあの店へ行って、やつがおしゃべり時計を出してきたときのことを覚えてるか？　時計は動いていて、やつはいたく気に入っているといった。請け出されなくても構わないと。そうだ……あの男は何か月もの間、時計がしゃべるのを聞いていた！……」

サム・クラッグが口笛を吹いた。「まったくだ。たぶん、彼なら覚えているだろう……」

ジョニーは受話器を取った。サムがしわがれ声でいった。「おい、駄目だよ。ここの電話で長距離にかけるなんて」

「なぜだ？……交換手、外線につないでくれ。そうだ、ミスター・クイゼンベリーにかけろといわれたんだ……」

しばしの間。「長距離電話を頼む。オハイオ州コロンバスだ。フロント・ストリートの質屋で、アンクル・ジョーって屋号だ。〝困ったときの友〟アンクル・ジョーだ。そうだ」

受話器を耳に当て、ジョニーはオハイオ州コロンバスに長距離電話がつながるのを聞いた。それから、番号を検索する間があった。しばらく通話が途切れ、再開すると、交換手がいった。

「相手の方が出ました」

「もしもし」ジョニーはいった。「アンクル・ジョーの質屋か？」

「そうです」相手が答える。「アンクル・ジョーです。何かご用ですか？」

「ニューヨーク市警の者だ。ある事件について調べている。数か月前におたくに質入れされ、最近になって請け出された品が関係しているんだ。その品は、おしゃべり時計……」

「ああ」とアンクル・ジョー。「覚えてますよ。ですが、その情報はほんの一時間前にお話ししたはずですが……」

「われわれに情報提供しただと?」ジョニーは叫んだ。「どんな情報だ?」

「あなたがたが電話してきて、おしゃべり時計が何をしゃべったか訊いたんじゃありませんか。署のほうで、何かあったんですか?」

「何もない」ジョニーがいった。「しかし、ええと、たまたまおたくに電話したのが、マディガン警部補だった。不幸な出来事があって……彼は殺されたんだ」

「殺された! 何てことだ! それは――わたしが話した情報のせいで?」

「そうだ。そこで、最初からやり直さなくてはならなくなった。警部補に話したことは覚えてるな――つまり、おしゃべり時計が何としゃべったかだ」

「もちろんです。あの時計はこの店に三か月近くありましたからね。とても気に入ったので、ねじを巻いて。あれは一時間ごとにしゃべりました。全部覚えてますよ……」

「待て。書き留めておきたい」ジョニーは鉛筆を取り、メモ用紙に手を伸ばした。「よし、続けてくれ。十二時から始めよう。その時刻には何といった?」

「『十二時。正午、そして真夜中。光陰矢のごとし』でした。

一時には『時を気にするものを、幸せが待っている』、二時には『時は近づき、幸せはすぐそばにある』、そして三時には……」

「続けてくれ」ジョニーは猛烈な勢いで鉛筆を走らせながらいった。「三時には?」

「三時にはこういいました。『三時。虹は三時から四時に向かってかかる』、四時には『掘り出せ、掘り出せ、金の壺を』、五時には――」

「それは知っている」ジョニーがいった。「それ以降は必要ないだろう」

「いったい何なんでしょうね？」アンクル・ジョーが叫んだ。「まるで、誰かがどこかに金の壺を埋めたみたいじゃありませんか！」

「ただの壺だよ」ジョニーはいった。「ありがとう。今度コロンバスに行くときには、何か仕事をやろう」彼はぶっきらぼうに受話器を置き、サム・クラッグを見た。

「何かわかったのか、ジョニー？」

「たぶん、百万ドルだ。ただし、先を越された」

「えっ？」

「コロンバスのアンクル・ジョーを知っているのは誰だ？」

「ジム・パートリッジだけだ」

「それにダイアナ・ラスク。そして恐らく……殺人者だ」

「ジム・パートリッジが殺人者ってこともある、ジョニー。おれは今もそう思ってる」

「ちっ、ちっ。おまえが恋焦がれている、あの魅力的なお嬢さんの父親がか？」

「彼女は父親似じゃないんだ」サムはジョニーが畳んでポケットに入れようとしている紙を指した。

「何て書いてある？」

「おしゃべり時計がアンクル・ジョーの質屋にあった三か月間に、何としゃべったかさ。質入れする前に、あの坊やも聞いたが、頭が悪くて理解できなかったんだ。こいつは、サイモン・クイゼンベリーが全財産を隠した場所を語っているのさ」

「どうかしてるよ！　サイモンは一文無しで死んだんだぞ。会社は銀行に借金があるし、時計のコレクションまで抵当に入っていると、おまえさんだって知ってるだろう」

「ああ、知ってるさ。だが、やつはその金を何に使った？　病床にいて、使うことなどできなかったんじゃないか？」

サムは息をのんだ。「確かにそうだ。だけど――事業に注ぎ込んだのかもしれない」

「二百万から三百万ドルを、二年間で？　馬鹿いうな。計算してみろ。サイモンは会社を抵当に入れて銀行から百万ドル、時計コレクションを担保にギリシア人から五十万ドル借りた。続いて、ヒルクレストの屋敷を抵当に、限度額いっぱいに金を借りた。ゆうに百五十万ドルを超えるだろう。しかも、おれの意見では、やつはそのほかにも大金を持っていたはずだ。あの男が変わり者なのは知ってるだろう。この世に友達もいなかった。じゃあ、何をした？　ありったけの金をかき集め、地面に穴を掘って埋めたのさ。

やつは息子のエリックのことはあまり好きではなかったが、孫のことは気に入っていた。孫は成長して、徐々に祖父に似てきた。学校ではいつも問題を起こしていた。困った立場に追い込まれた――サイモン自身もそうだったのは間違いない。サイモンは、エリックが時計に興味がないのを知っていた。彼にとっては時間を知るものにすぎない。孫はどうかわからなかったが、それが唯一の望みだった。そこで、おしゃべり時計を改造した。孫が少しでも時計好きなら――そして、父親よりも頭がよければ――時計のいうことにぴんと来るだろうと考えてね。もしぴんと来なければ――ああ、サイモンにとっては孫も用なしだろうし、金はそのまま地面に埋まってるってわけさ」

サム・クラッグは顔をしかめた。「で、おれたちは何を待ってるんだ？　穴はどこにある？」

「〈時計屋敷〉のほかにどこがある？　なぜサイモンが、敷地を時計の文字盤のようにしたと思う？　時計はこういっている。『虹は三時から四時に向かってかかる……掘り出せ、掘り出せ、金の壺を』十分明らかじゃないか？」

「本当だ！」サムが叫んだ。「金はそのふたつの道の間に埋まってるんだ――三時と四時の間に」

「ニック・ボスでさえ、それに気づいた。ニックは夜な夜な――シーッ！」

エリック・クイゼンベリーがドアを開け、自分の椅子にジョニーが座っているのを見て目をぱちくりさせた。

「電話を借りたよ、ミスター・クイゼンベリー」ジョニーは愛想よく笑いながらいった。「構わないだろう？……」

「ああ、構わない」クイゼンベリーはいった。「さてと、やるべきことはやった」

「警察に電話したのか？」

「いいや、スト参加者と話し合った。自分の立場をありのままに話したよ。わたしがこの会社を経営し、利益を出すのに半年しか時間がないと。彼らはわたしの話に納得してくれたようで、仕事に戻っていった」

「そりゃあよかった、ミスター・クイゼンベリー！」

クイゼンベリーは喜びに上気していた。「たぶん父がもう少し早く、わたしに会社を任せてくれたら、こんな事態にはならなかっただろう」

ジョニーは深呼吸した。「ミスター・クイゼンベリー、あんたの親父さんが、見かけほど金に困ってはいないんじゃないかと思ったことはないか?……」

「え? どういう意味だ? わたしは遺言状を見ている。何も残っていなかった。時計のコレクションでさえ、生前に抵当に入っていたんだ……。ショックだったのは認めるよ。この会社は利益を出していると、ずっと信じ込まされてきたのでね」

「たぶん、その通りだったんだ。ひょっとしたら、親父さんはすべての資産を現金に変えて――」

「現金? それはどこにあるんだ?」

ジョニーは肩をすくめた。「どこかに隠してあるんじゃないかな?」

ゆっくりと、エリック・クイゼンベリーの目に光が宿った。「そうだな……きみのいうことにも一理あるかもしれない。父が亡くなる前、ボニータがほのめかしたことがあった。何らかの形で、わたしは試されているのだと。だが父は死に、弁護士のミスター・ウォルシュが読み上げた遺言状は、父が前にいったこととまったく同じだった」

「そこで考えるのをやめたんだな、ミスター・クイゼンベリー?」ジョニーがゆっくりといった。「おしゃべり時計の一件が、そのことに何か関係しているんじゃないかというのを。例えば、なぜあんたの息子のトムは、遠く離れたミネソタで殺されなければならなかった? おしゃべり時計を手に入れるためだけに?」

「だが、犯人は手に入れられなかった。わたしは――そうか、きみと相棒が考えたのは……」

「その通り! だが、あんたがミネソタへ行ったとき、トムがいた監房にはほかに三人の男がいたと聞いただろう。サムとおれともうひとり――浮浪者で、おれたちは古顔と呼んでいる。そいつがこのニューヨークにいたんだ。一時間足らず前に」

「何だって？　それは……確かなのか？」

「もちろんだ。やつはおれたちをつけてきた……ある場所までね。それから、おれたちに気づかれたと思うと、きびすを返して一目散に逃げていった。追いかけたが、相手が速すぎた。まんまと逃げられたよ」

「浮浪者！」エリック・クイゼンベリーが声を張りあげた。「警察は決まって、やったのは浮浪者だという――。悪く取らないでくれ……ただ、浮浪者という話が気に入らないだけだ」

「これは本当だ、ミスター・クイゼンベリー。それと、もうひとつ本当のことを教えてやろう。おしゃべり時計のことだ。ニコラス・ボスはその時計のために、ミス・ラスクに四万ドル払った。おれはレキシントン街の時計店で確認した。きわめて知識豊富な店主だ。彼はあのおしゃべり時計には、五千ドルの価値もないといった」

クイゼンベリーは驚いた。「しかし、わたしはボスが――生前の――父に、時計に五万ドル出すというのを聞いた」

「となると、ボスは親父さんが金を貯め込んでいるのを知っていたわけだ。恐らく、コレクションを担保に金を貸したときにわかったんだろう」

「父らしいな。家族よりも他人を信用するなんて。ずっと前に、父にされた仕打ちを思い出すと……」クイゼンベリーは苦々しげに唇を歪めた。「気にしないでくれ。たぶん、父はどこかに金を隠しているんだろう。どこに？……」

ジョニーは考えにふけるように、エリック・クイゼンベリーを見た。「確実とはいえないが、見つけるのを手伝えるかもしれない。それには、ヒルクレストの屋敷にしばらく滞在させてもらうことが必要だ。できれば、ひと晩」

「部屋はたくさんある。今夜では？」

「いいだろう。暗くなる前にそっちへ行く。まずは確認したいことがあるのでね」

ふたりはクイゼンベリーの会社をあとにした。歩道に出たとき、サムがいった。「まだ腑に落ちないんだが、ジョニー。金を手に入れる気がないなら、なぜクイゼンベリーに隠し場所を教えなかった？」

「なぜなら、やつは金を見つけることにしか興味がないからだ。おれは殺人者をつかまえることにも興味がある。そして、そいつが今夜現れるという、強烈な直感が働いてるんだ」

サムはたじろいだ。「罠におびき寄せられようってのか、ジョニー。おれは嫌だよ」

ジョニーはサムの腕をつかんだ。「あの監視員だ、サム……見ろ！」

彼はこっちへやってきた。サンドウィッチ看板が、膝に当たってぱたぱたしていたが、そのみすぼらしい服装は隠せなかった。

「古顔だ！」サムがささやいた。

「この場でとっつかまえてやる……」

ジョニーはサムから離れ、スト看板をかけた男の横に回った。「おい、古顔！……」

すると、古顔が看板の後ろから手を出した。そこには四五口径の巨大なオートマチックが握られていた。「車に乗れ、ふたりともだ！」彼は食いしばった歯の間からいった。「さもないと、路上でこいつを食らわせるぞ」

ジョニーは身構えたが、行動を起こす前に、黒い車がそばの縁石に停まるのが見えた。車の窓は開いていて、その隙間から二連式の散弾銃の銃口が覗いている。銃の上には、歯をむき出しにした凶暴な顔があった。

サムもそれを見た。

ジョニーは力を抜いた。「わかった、そっちの勝ちだ、古顔。乗れよ、サム……」

車にはふたりの男が乗っていた。ひとりがハンドルを握り、もうひとりが後部座席で散弾銃を構えている。運転手が右手のドアを開けた。サムが乗り込み、ジョニーは後部座席のドアを開けようとしたが、前に乗れと手ぶりで促された。彼はサムの隣に乗った。

車のエンジンはすでにかかっていて、運転手はギアを入れ、アクセルを踏んだ。車が急発進した。ジョニーとサムの後ろで、散弾銃の男がいった。「こいつはおまえらの耳の後ろを狙っているし、弾も二発入っている。妙な真似をしたら、一発ずつぶち込むぞ」

「しないよ」ジョニーは約束した。「だが、もうひとりはどうした――来ないのか?」

「妙な真似といったのには、質問も含まれている」ジョニーの後ろの男がいった。「黙ってろ」

車は四十七丁目を走り、ちょうど青信号で十一番街へと急行した。十二番街まで短く走り、南へ曲がる。

車は高速道路の下を数ブロック走ってから再び左折し、十一番街へ向かった。だが、走り抜けることはなかった。半ブロックほど行ったところで、荒れ果てたロフトビルの前で停まる。

「ここだ」後部座席の男がいった。「チャーリーが車を降りて、ドアを開けるまで待て。それからさっさと歩道を渡るんだ。妙な真似をしないか見ているからな」

第二十二章

人通りはほとんどなかったし、念には念を入れていたので、誘拐はうまく運んだ。チャーリーが車を降り、歩道を渡って、古いビルの鍵を開けた。中に入り、歩道から見えなくなると、ポケットからオートマチックを出して振った。

ジョニーとサムも車を降り、歩道を渡った。ふたりがビルに入ると、散弾銃の男はそれを上着の下にしまい、ついてきた。

そのビルは以前、洗剤の製造に使われていたようだ。錆びた缶がいくつも散らばっている。古いラベルが〈ソーポ〉とか〈キッチンワンダー〉といった中身を示していた。

チャーリーは、散弾銃を持った相棒が中に入ると、ドアに鍵をかけた。続いてふたりは、ジョニーとサムを、二階に通じるぐらぐらする階段へと追いやった。

二階はほこりっぽかったが、明らかに下の階よりも最近になって使われた形跡があった。毛布を敷いた折り畳みベッドが三、四台置かれ、椅子が数脚とテーブルがふたつある。片隅では、荷箱の上に電気コンロも置かれていた。

「いいだろう」散弾銃の男がいった。「身体検査をするから後ろを向け。天井に向かって手を上げるんだ」

ふたりが従うと、チャーリーが背後に回った。ジョニーの背中にオートマチックを突きつけ、ポケットを叩く。少しも膨らんでいなかったので、彼は何も出さなかった。だが、サムを調べたときには大声を出した。

「何だこりゃ?」彼はサムのポケットから二組のカードと、何ともつかない道具をいくつか出した。サムはうなるようにいった。

「放っといてくれ。そいつで人は撃てない」

チャーリーの答えは、それらを床に放り投げることだった。「カードは使えるぜ、相棒」彼はいった。「待ち時間は長いからな」

「何を待つんだ?」ジョニーが訊いた。

「なぜそんなことを訊く」散弾銃の男がぴしゃりといった。「行くところがあるんだろう? 行っていいぞ。引き留めやしない」

ジョニーは振り返り、椅子を見つけて腰を下ろした。「身代金のために誘拐したのか? おれたちのために、一ドル四十セント払ってくれるやつは知ってるぜ」

「おまえたちにゃそれ以上の価値がある。おまえは頭のいい男だとリーダーがいっていた。チャーリー、ちょっとあたりを見回して、ロープを探してくれ。ひと晩じゅう、ここに座って銃を構えていたくないからな」

チャーリーは部屋を漁り、ようやく二本のロープを見つけた。一本は七フィートほどの長さの物干しロープで、もう一本の半インチの麻紐は、それより少し長かった。

「手と足の両方を縛るには足りないぜ、ミッキー」彼はこぼした。「ベッドに寝かせて、頭上の横棒に手を縛りつけたらどうだ?」

「いいとも、チャーリー」ミッキーがいった。「よし、おまえら、ベッドに寝るんだ。手を上に伸ばせ」

「何だって」ジョニーがいった。「まだ五時にもならないうちから、ひと晩じゅうここにいるとして、ずっと手を上にやっているんじゃかなわない」

「そうかな?」ミッキーがあざ笑った。「できるかどうか、やってみなけりゃわからないだろう」

「約束する」ジョニーがいった。

ミッキーは耳障りな笑い声をあげた。「約束? そいつは面白い。笑いすぎて気分が悪くなる前に、ベッドに寝るんだ」

「こうしようじゃないか」サムがいった。「その銃を下ろせば、おまえらふたりをひとりで相手してやる」

「なあ、いいか」ミッキーがいった。「やり方はふたつある。簡単なのと、厄介なのだ。簡単なのは、おまえらの頭をぶん殴ることだ……そっちがいいか?」

「ベッドに寝ろ、サム」ジョニーが命令した。「その石頭にひびを入れても仕方がない」

「聞き分けがいいな」ミッキーがいった。

ジョニーはサムがベッドに寝そべり、両手を頭上にやるのを見た。チャーリーがベッドの頭のほうに回り、鉄の横棒の間から手を伸ばして、サムの手首を片方握る。それを横棒にロープで縛りつけた。結び目を作るとロープを切り、残りでサムのもう一方の手首を、別の横棒に縛りつける。

それが終わると、彼はジョニーに向き直った。ジョニーは肩をすくめ、別のベッドに寝そべり、たちまちくくりつけられた。体は動かせたが、両手は落ち着かない位置で固定されている。

チャーリーが仕事を終えたそのとき、どこかで電話のベルが鳴った。ミッキーが出る。小声でしゃべっていたので、ジョニーには何をいっているのかわからなかった。だが、彼は戻ってきてチャーリーに報告した。

「リーダーがこっちへ来る。十分以内に着くそうだ」

「そりゃあ面白い」ジョニーがいった。

「ああ、誰が来るのか、しばらく想像してみるといい」

「想像する必要はない。わかってるからな」

「馬鹿いうな」ミッキーがいった。「見当もつかないはずだ」

「そうだな」とジョニー。「そいつがジム・パートリッジでなけりゃ、ここで作られた〈ソーポ〉をひと缶飲んでやるよ」

「どうしてパートリッジだと思ったんだ?」チャーリーが訊いた。

ジョニーは笑った。「本物の悪党なら、おまえらみたいなとんまを使ったりしないさ。おまえらと同じくらい間抜けだとしたら、私立探偵しかいない」

チャーリーはしきりに悪態をつきながら、ジョニーのベッドに近づいてきた。彼を見下ろす。「いつか、その大口が厄介事を引き起こすぞ。たとえば――」やにわに言葉を切り、こぶしをジョニーの顔に叩き込む。

サム・クラッグが、かすれた声で叫んだ。「何をしやがる――!　やるなら同じ図体のやつを殴れ!」

チャーリーがサム・クラッグのベッドに近づき、ジョニーは肉と肉が当たる音を聞いた。

「おまえとは図体が同じだ」チャーリーはせせら笑った。「ご感想は？　それと、これもだ！……」

またしてもジョニーは耳をはたかれ、顔を歪めた。

そのあとは、サムは何もいわなかった。

ミッキーがいった。「もういいだろう、チャーリー。もう一度やったら、散弾銃の銃口をおまえに向けるぞ」

「そいつを下ろせ」チャーリーが反抗的にいった。「そうすれば、もう少し生かしてやってもいいぜ。自分を何様だと思ってる？　おまえに指図される義理はないんだからな」

階段のほうから、ジム・パートリッジの声が割って入った。「この仕事が気に入らないのか、チャーリー？」

ジョニーはベッドから二、三インチほど首を伸ばし、ジム・パートリッジが入ってくるのを見た。その顔には、愛想のよい笑みが浮かんでいる。

チャーリーは息をのんだ。「あの、来るのが聞こえなかったもので。もちろん、この仕事は好きです。ただ、ミッキーに頭に来ただけで。それだけなんです……」

「ああ」ジム・パートリッジはいった。「それだけなんだろうな」チャーリーに近づき、大きな笑みを浮かべる。それから予告もなく、彼の拳がチャーリーの顎に炸裂した。

チャーリーはどさりと音を立てて、床に座り込んだ。

「起きろ、チャーリー」ジム・パートリッジが楽しそうにいった。「起きたら、また殴り倒してやる」

「やめてくださいよ、リーダー」チャーリーが哀れっぽくいった。「ただの冗談だったんです。おれたち――こいつらをつかまえたでしょう?」

ジム・パートリッジがジョニーに近づいた。「なあ、ジョニー・フレッチャー、こいつらはおまえに何をした? ヘラジカみたいにふん縛ったか! 友人の扱いじゃないよな?」

「そうだな、ジム」ジョニーが返した。「それに、腕が疲れてきた。取り引きする気になったぜ……」

「おい!」サムが叫んだ。「今になってやめるなよ! ちょうどキレそうになってきたところなのに!……」

「黙れ、サム。仕切ってるのはおれだ。いいぞ、パートリッジ、縄を切ってくれたら、協力《プレイボール》しよう」

「へえ、あんたはボールも持っていないじゃないか、ジョニー。バットすらないだろう?」

「いいや、持っている。おまえは出し抜かれたんだよ、パートリッジ。自分じゃ勝ったと思っているだろうが、そうじゃない。やつはあんたについていきて、盗品を奪って逃げるつもりだ」

「やつ? 何の話をしているんだ?」

「気をつけろ、パートリッジ。おれは真相を知っている。おまえが単独で動いていたときは先を行っていたが、チームを組んだときに負けたんだ。おれは金がどこにあるか知ってるし、やつも知っている。おまえが持っているレコードは偽物だ。昨日、作り立てのな」

「何だって! どうしてレコードのことを知っている?」

ジョニーはため息をついた。「おれはほとんど何でも知ってるんだ。あのおしゃべり時計には小さな金のレコードが仕込まれていて、それはサイモンがどこに金を隠したかをしゃべる。あんたの親友は時計を盗み、それから返した――レコードを抜いて。あんたがそいつを締め上げたとき、そいつはレコードを見せ、蓄音機でかけてみせたはずだ。だが、本物のレコードを聞かせたわけじゃなかった

「……」

「わかったよ」パートリッジは険しい口調でいった。「本物のレコードは何といったんだ？」

「そいつはおれの切り札だ」ジョニーがいった。「このロープを切って、次の角まで一緒に歩くなら、教えてやる」

「おれがよっぽど間抜けだと思ってるのか？」パートリッジがせせら笑った。「ここを出たとたん、お巡りの友達のところへ飛んでいくんだろう。勝手にひとりでしゃべってろ。どうせレコードが何といったか知らないんだろう」

「知っているだけじゃない。どうやって知ったか教えれば、本当のことだとわかるだろう。だが、仕事を急いだほうがいいぞ、パートリッジ。暗くなってきた……」

「それがどうした？」

「やつに会いにいくんだろう？　そして、金を分け合う算段だ。だが、あんたがそこへ行ったとき、相手が姿を見せなかったら？　あんたが待っている間に、やつは別の場所で金を手に入れ、ずらかっているだろう。うまいこと先を越されたってわけさ」

ジム・パートリッジの顔に、疑惑がよぎった。だが、彼は強情に首を振った。「おれには根拠があるんだ、フレッチャー」

「いいだろう。金は〈時計屋敷〉の周辺に埋まっている。サイモン・クイゼンベリーが、二年間貯め込んだ金だ。家の周り以外に、どこに埋める？」

「もう少し聞かせろ、フレッチャー。興味が湧いてきた。サイモンがそれほど長く金を貯めていたとは知らなかった。確かめてみよう」

「もっと前に確かめるべきだったな。よし、もうひとつ、あんたが見過ごしていることを教えてやろう。おれたちが初めて会ったのはどこだった、パートリッジ?」

「オハイオだ。おれは質屋を調べていて……」

「坊やがおしゃべり時計を入れた質屋だな。当時はそんな大金になるとは知らなかったから、あんたは飛びつかなかった。もし知っていたらな、ジム……」

「わかった。知っておくべきだった」パートリッジが鋭くいった。「だが、あのときは金で雇われていたんだ。おまえがオハイオで時計を手に入れたのは知っていた。なのに、馬鹿みたいにあの娘に渡して……」

「またも大事な点を見過ごしてるぞ、ジム。あんたにゃ審美眼のかけらもない。質屋のアンクル・ジョーは、鋭い美的センスを持っていた。彼はおしゃべり時計を気に入った。気に入るあまり、ねじを巻いて動かしていた。三か月間、彼は時計がしゃべるのを聞いていた。毎日、毎時間……」

「何てことだ!」ジム・パートリッジが叫んだ。

「そうだ! アンクル・ジョーは時計が何といったか知っている――レコードがすり替えられる前にな。これで信じたか……ジム・パートリッジ?」

「自分で確かめれば済むことだ! 長距離電話で……」

「おれもそうした。そしてニューヨーク市警を名乗り、ほかの誰にも情報を洩らすなといっておいた。だが、電話したけりゃするといい、ジム。とりあえず、電話会社は助かるだろう……」

長い間、ジム・パートリッジはジョニー・フレッチャーを見下ろしていた。やがて悪態をついた。

「わかったよ、フレッチャー。降参だ。時計は何といったんだ?」

「こんなふうに腕を縛られちゃ、何もいえないな」ジョニーは念を押した。

パートリッジはポケットに手を入れ、ナイフを取り出した。大きな刃を出し、ジョニーの手をベッドの横棒に縛りつけていたロープを切る。ジョニーはうめきながら腕を下ろした。ベッドに座り、手首に血が流れ込む間、腕を抱える。

「話せ、フレッチャー。時間がない」

「サムも自由にしろ」

パートリッジは小声で毒づき、サム・クラッグのそばへ行った。サムを縛っていたロープを切り、すぐに後ろへ飛びすさる。「早くいえ、フレッチャー。ウェストチェスター郡まで行かなきゃならないとすれば、時間がないんだ……」

「約束じゃ、一緒に角まで歩くはずだぞ」

パートリッジは怒鳴った。「駄目だ！　そんな危険は冒せない。要求が多すぎるぞ。今しゃべらないなら――永遠にしゃべる気はないんだろう。おれの負けだが、おまえらも同じだ……。妥協しよう。いいか、おまえらを殺しても何の得にもならない。それはわかっているな。だが、金が手に入ったら、こっちも約束は守る。警察に向かって、いくらわめいてもいいが、やつらはおれに手出しはできない。おまえらを逃がすのは怖くない……金が手に入ったらな」

ジョニーはパートリッジの言葉をしばらく吟味し、いきなりうなずいた。「いいだろう、パートリッジ。時計はこういったんだ。『虹は三時から四時に向かってかかる……掘り出せ、掘り出せ、金の壺を』とね。これで十分か？」

パートリッジは面食らったようだった。「意味がわからない！」

「〈時計屋敷〉に行ったことがないのか？　あそこじゃ、十二本の私道が丘の上の屋敷から延びているんだ。私道は時計の文字盤のように配されている……」

「なるほど」パートリッジが叫んだ。「何てこった……」

彼は階段へ向かったが、またくるりと振り返って戻ってきた。手をポケットに入れる。「こいつらを二度と縛り上げるなよ。その約束は守る。だが――こいつを使え！」彼はぴかぴかの手錠をミッキーに投げた。

「おい！……」ジョニーが叫んだ。「戻ってこい、この裏切り者」

階段のところで、パートリッジが足を止めた。「こいつらをつかまえておいたら、ひとり五百ドルやろう。解放していいとおれが電話するまでな」

彼は階下へと消えた。

手錠をぶらぶらさせながら、チャーリーがジョニーに近づいた。「オーケー、間抜け野郎、お手手を出しな」

ジョニーは後ずさりした。「なあ、待ってくれ。ちょっと話し合おう。ひとつの手錠でふたりの男を拘束することはできないだろう……」

「ああ」チャーリーがいった。「一度映画で見たことがある。一匹のサルの手首を、もう一匹の足首とつなぐのさ。効果てきめんだ。ミッキー、おれがこいつに手錠をかける間、でかいのを見張っててくれ……」

「パートリッジは気に入らないだろうな」ジョニーがいった。「おれたちを丁重に扱えといっただろう」

「手錠をかけろとはいわれたが、どんなふうにかけろとはいわれなかった」

「手首同士をつないでくれ。それでも効果はあるし、おれたちも手足が引きつらなくていい。それに――」ジョニーの必死の目が、カードに留まった。チャーリーがサムから取り上げ、床に放り投げたものだ――「待ってる間に、ひと稼ぎできるぜ。おれたちにも少しは金があるし――」

チャーリーが目を細めて見た。「いくらある？」

「よせ、チャーリー」ミッキーが口を挟んだ。「強盗と立場を逆転させるわけにはいかない――今はまだ！　やつらに金儲けのチャンスをやるようなものだ……」

チャーリーはためらったが、結局は折れた。

「わかった、左手を出せ、フレッチャー」

ジョニーはそれに従い、手錠がカチリと音を立てて手首にはまった。彼はサムに近寄り、背後に回ったチャーリーが、サムの太い手首に手錠のもうひとつの輪をはめた。

「これで安心だ」ミッキーがいった。「ベッドの間にテーブルを置いて、こいつらのポーカーの腕前を見せてもらおうじゃないか」

サムがぶつぶついいはじめたが、ジョニーがその脇腹を肘でつついた。「おれが合図するまで待て」口の端から小声でいう。

誘拐犯はテーブルをベッドの間に移動させ、片方のベッドに座って、反対側のベッドに座るジョニーとサムと向き合った。「いいぞ、何をやる？」チャーリーが訊いた。「上限一ドルで、ファイブカード・スタッド（ポーカーの一種。最初の一枚は伏せてプレイヤーに配られ、あとは一枚ずつ表向きに配られる）はどうだ？」

「高すぎるな」ミッキーが抗議した。「おれは三十ドルしか持ってないんだ」

「おれも四十ドルしかない」チャーリーがいった。「だが、勝てると踏んでるんだ。ポーカーについちゃ、経験を積んでるんでね」

「おれたちは上限一ドルでいい」ジョニーは膝でサムの膝をつつきながらいった。

彼はありったけの金を引っぱり出した。五ドル四十セントあった。「小銭から始めよう」

サムは一ドル五十セント出した。「懐には、まだある」彼はうなるようにいった。

「そりゃよかった。それじゃ一ゲームももたないだろうからな」チャーリーはサムの新しいカードを箱から出し、切りはじめた。相方がそれをいくつかに分け、上下を入れ替えると、ひとり二枚ずつ素早くカードを配った。一枚は伏せ、一枚は開いている。

「キングは強いぞ」彼はジョニーにいった。

ジョニーは伏せたカードを見た。「おれのカードはただの三だ。まずは五十セントから賭けよう」

サムが怒鳴った。「はあ？　おれは降りるよ。カスしかない」

ミッキーの開いた札はジャックで、最初の掛け金をコールした。チャーリーは五十セント出し、ためらった。「次のカードを待とう」

彼は残ったメンバーに三枚目のカードを配った。ジョニーにはエースが来た。ミッキーはキングで、チャーリーは二枚目の十が来て、ワンペアになった。「おっ！」彼は叫んだ。「面白くなってきたぞ。一ドル賭けよう」

「おれは直感でプレーするんでね」ジョニーがいった。「キングかエースが来そうな気がする。その一ドルをコールして、さらに一ドル上乗せしよう」

「おれが十を持っているのに？」

「悪いか?」

「まあ、自己責任だ」

ミッキーが降りたので、チャーリーとジョニーだけが残った。チャーリーはただちにジョニーの一ドルをコールし、さらに吊り上げた。ジョニーが金を場に出した。

「勝負だ」

彼に来たのは七。チャーリーが引いたのはジャックだった。まだ十のワンペアを持っている彼のほうが強かったが、ジョニーを見て眉をひそめる。ジョニーはにやりとした。「十を持ってるあんたのほうがまだ強い。おれの伏せたカードは、ただの三だと知ってるだろう」

「ああ、おれは賭けを続けるぜ。あんた次第だ」

「おれを信じないのか? いいとも、さっき賭けたように、今度も賭けよう。一ドルだ」

チャーリーはしぶしぶ一ドルを出した。「すると、キングが味方すると思ってるんだな?」

「おれは直感でプレーするといっただろう。最後のカードを引けよ。……ああ、いった通りだ!」

チャーリーがジョニーのカードを開くと、キングだった。彼はたじろいだが、自分が三枚目の十を引いて、歓声をあげた。

「十のスリーカード対キングのワンペア」ジョニーがすらすらといった。「何を賭ける?」

チャーリーは苦い顔でジョニーのキングを見た。「つまり、三枚持ってるってことだよな?」

「いいや、二枚だ。だが、それを知るには金がいる。賭けるか?」

チャーリーは首を振った。

「そうだな」ジョニーがいった。「おれにはあと九十セントしかない。だが、全部賭けよう」

「やっぱり持ってるんじゃないか！」チャーリーが鼻を鳴らした。

「コールするか？……」

「するわけないだろう」

「あんたは臆病者だと思ってたよ！」ジョニーはサムの膝を乱暴につつき、伏せたカードを開いた。

「見たか？……」

続いて彼は立ち上がり、テーブルを持ち上げた。合図を受けたサムは、力いっぱいそのテーブルを押しやり、ミッキーとチャーリーにぶつけた。

驚いたふたりの私立探偵は、悲鳴をあげてテーブルの下でもがいた。手錠のせいで、ひと組で動かなければならないジョニーとサムは、一斉にテーブルの上から襲いかかった。

それぞれが男たちに手を伸ばす。

「くそっ！」サム・クラッグが怒鳴った。ミッキーをたくましい左手に抱え、右手でジョニーと取っ組み合うチャーリーを引っかく。

彼らはテーブルとベッドの残骸が散らばる床に転がった。四人の男がもがき、身をよじり、取っ組み合う。床の上はサムの独壇場だった。左手でミッキーをしっかりと抑えつけたまま、手錠につながれた右手でチャーリーを抑えつけるのに加勢する。

手錠をはめた手で二、三度殴りつけたあと、ジョニーとサムはタイミングを合わせ、チャーリーの顔面にふたりして拳を見舞った。探偵は急にうめき声をあげてぐったりした。サムの手の中で、ミッキーが勘弁してくれとわめいている。

サムは勘弁しなかった。ミッキーが気を失うまで。

第二十三章

勝利を得た相棒ふたりは立ち上がった。ジョニーの手首は、格闘中に手錠のスチールにこすれて血が出ていた。「さて、こいつをどうやって外すか？」

「おれなら壊せるかもしれない」

ジョニーは顔をしかめた。「その前におれの手首が折れちまう。柔らかい金属でできた鎖の輪とは、わけが違うんだぞ」

「わかってるよ。だけど、パートリッジは鍵を置いていなかった。弓のこでも見つからない限り……」

「そんな時間はない。もう暗いし、ジムに十五分は先を越されている。今頃ヒルクレストへ向かっているだろう」

サムはうめいた。「どうしてやつにばらしたんだ？」

「ほかにどうすればよかったんだ？　あの――殺人犯は、もうそっちへ行っているだろう。金を手に入れたら、その場で数えたりはしない。パートリッジは唯一の望みなんだ。やつは犯人を止められるかもしれない。行くぞ……」

「どこへ？」

「ヒルクレストだ」ジョニーは鋭くいい、サムの手首を引っぱった。「そこへ行かなければ」

「どうやって——手がこんな状態なのに?」

「さあな。でも、やってみるさ」

つながれたまま、ふたりは階段を下りて一階へ向かった。正面のドアには鍵がかかっていたが、三十秒も足止めされなかった。サムが蹴り開けたのだ。

歩道に飛び出すと、ジョニーは大声をあげた。「ワゴンがまだあるぞ!」

その通りだった。パートリッジは自分の車で来て、再びその車で去ったのだろう。ジョニーはサムを車のほうへ押しやった。「乗れ。おまえが左側だから、運転手だ」

空いているほうの手でドアを開け、彼はサムをシートに押し込んだ。サムが乗り込み、ジョニーも続く。

「キーがない!」サムが叫んだ。

ジョニーはうめいた。「二階へ取りにいこう」

ふたりはそうした。その頃にはミッキーは意識を取り戻していたが、サムがもう一度頭を殴りつけた。チャーリーはまだ伸びていて、ベストのポケットからジョニーが車のキーを見つけた。サムがそばで膝をつき、その時間を利用して床に散らばったポーカーの賭け金をかき集める。それからふたりは、また階下へと急行した。

一分後、エンジンが息を吹き返した。「うまくいくとは思えないよ、ジョニー」サムがいった。

「うまくいくんだ。そうでなけりゃならない。おれも気をつけていて、必要なときはギアをチェンジする。高速道路を目指せ。ここで思い切ってUターンするんだ。ほんの半ブロックのことだ」

彼らはギアをチェンジし、Uターンして、一方通行を逆走して半ブロック先の高速道路を目指した。夕方の早いうちで、高架道路の下はがらがらだった。いるのは埠頭の近くに配備されて、ノルマンディー号やクイーン・エリザベス号を警備する数人の警察官だけだった。

五十七丁目で、車はランプを上り、高速道路に乗った。そこからは一本道で、スピードを出したいのはやまやまだったが、無数の白バイ警官がパトロールしている中では危険は冒せなかった。止められたら終わりだ。手錠を見られただけでも、ただちに最寄りの警察署に連れていかれるだろう。説明すればわかってもらえるだろうが、そのときには手遅れだ。

ふたりは車を時速四十四マイルに保ち、ハーレム川にかかる有料橋を渡った。手錠をかけられた手を見えないように下ろし、サムが自由な左手で料金の十セントを払った。

橋を渡ると、速度を時速四十五マイルに上げ、ソウミルリバー・パークウェイに入ってからは、四十八マイルに上げても問題はなかった。

彼らはかろうじて持ちこたえているにすぎなかった。控えめなスピードで走っている間も、ジム・パートリッジが同じくらいの速度で先を行っているのがわかっていた——二十分早く。

クロスカウンティ・パークウェイを右に曲がり、工事中のでこぼこ道を走る。段になった丘を上り、セントラルアヴェニューへ。パークウェイをあとにした彼らは、時速を五十マイルに上げて、セントラルアヴェニューを突っ走った。

十分後、ふたりは轟音を立ててヒルクレストの村を抜け、〈時計屋敷〉目指して丘を登りはじめた。半分ほど来たところで、ジョニーがいった。

「ここからは歩いたほうがよさそうだ。縁石に停めてくれ」

険しい丘の途中に車を停めるのは厄介だったが、サイドブレーキをかけ、ギアをローにしておくことで何とかなった。彼らは急いで車を降り、丘を登った。かなり間隔の開いた街灯に、ところどころ照らされている。

そしてようやく、彼らは〈時計屋敷〉の門まで来た。門は大きく開き、屋敷は煌々と明かりに照らされている。ベランダも同様だった。

「何てこった！」ジョニーが小声でいった。「まるでパーティでもやっているみたいだ」

ふたりは六時の私道を歩いた。近づくにつれ、ジョニーはベランダにいるのがエリック・クイゼンベリーだと見て取った。エレンとダイアナ・ラスクもいる。さらにはニコラス・ボスも！

ベランダから十二フィート離れたところで、ジョニーはサムに止まれと合図した。そこまでは明かりが届かないため、ベランダにいる人々からはふたりをつなぐ手錠は見えないはずだ。

「こんばんは、皆さん」彼はいった。「パーティに遅刻してしまったかな？」

「おい！」ニコラス・ボスが叫んだ。「よくここに来られたものだな。いいだろう。きさまに会いたかったんだ。きさまが売りつけた時計だが……」

「おしゃべり時計のことかい、ミスター・ボス？」

ダイアナ・ラスクが急いでいった。「ミスター・ボスは、時計を返すといい張ってるの。彼がいうには……時計がしゃべらないからって」

「ああ」ジョニーがいった。「それだけのことか？　よしてくれよ。一ドルあれば、明日からあんたの好きな言葉をしゃべるレコードが手に入るだろう」

「違う！」ニコラス・ボスが叫んだ。「きさまは泥棒だ、ミスター・フレッチャー。大悪党だ。今日、わたしに売りつけたとき、時計がちゃんとしていないのをいわなかった……」

「売りつけたわけじゃないさ、ボス」ジョニーはそっけなくいった。「あんたが時計を買いたくて、何日もの間、首を切られたニワトリのように走り回っていたんじゃないか。あんたは七万五千ドルの値をつけた。ミス・ラスクは、四万ドルで売ってくれたんだ……」

「しゃべらなければ、同じ時計とはいえない」ボスが抗議した。「そのことも知っていたんだろう、悪党め！」

ジョニーは騒々しく咳払いをした。「中に入っても構わないかな？　新事実があるんだ。全員が興味を惹かれるに違いない」

彼は右手にある三時の私道をこっそり見た。フェンスのそばの茂みに、動く影がなかったか？

「いいたいことがあるなら、ここでいえないのか？」エリック・クイゼンベリーがいった。「全員が聞けるじゃないか……」

サム・クラッグが、急にジョニーをつついた。「やつがいる！」かすれた声でいう。

ジョニーは大声でいった。「家の中のほうが明るい。見せたいものがあるんだ――」

三時の私道のほうで銃声がした。男の叫び声と足音がする。土の上から舗道へ、ふたたび草の生えた土へ。ジョニーは左へ飛んだが、サムが一緒に動かなかったので驚き、もう一度試した。二度目には、サムも一緒に動いた。

ベランダの人々も全員立ち上がり、言葉を交わしはじめた。ジョニーはこれほど走ったことがないというほど走り、サムがついてこられなくなって、一度つまずいた。

オレンジの炎が闇を切り裂き、再び銃声がした。今度は左だ。ジョニーは全力で向きを変え、サムを元来た道に引き戻した。

「やつは家を回り込んでいる！」彼は息を切らせていった。「阻止しなくては」

彼はベランダにいる人々の怯えた顔をちらりと見ながら先を急ぎ、九時の私道を走った。遠く、屋敷の裏手で、銃が三度目に発砲した。

九時の私道の半ばで、ジョニーはこちらへやってくる影を見た。彼はサムを乱暴に引っぱって止まらせ、大男は足場をなくして、ジョニーもろとも地面に倒れた。

ふたりはしばらくもがき、立ち上がったところへ人が突進してきた。サムは左に、ジョニーは右に行こうとした……そして逃げてきた男は、手錠につながれ、ぴんと伸びた二人の腕の中に入ってきた。

それは恐ろしい衝撃だった。その勢いで、ジョニーとサムの体が音を立ててぶつかりあった……だが、もうひとりの男をしっかりとつかまえた。

しかし、男はまだ抵抗していた。足をばたばたさせ、身をよじり、頭突きさえ食らわせようとする。だが、至近距離でのこの手の戦いで、サム・クラッグを負かせるものはいない。たとえ片手しか自由にならなくても。彼はこぶしを引き、一度、二度と繰り出した……すると、男はぐったりした。

ここで、ジム・パートリッジが、銃を手に登場した。

ベランダから部分的に射す明かりで、彼はジョニー・フレッチャーの姿を見た。

「きさま！……」彼は驚いて叫んだ。

ジョニーは四つん這いになり、やにわにパートリッジの足首に飛びついた。足首をつかんで引っぱると、パートリッジは勢いよく地面に倒れた。

続いてサムが手を伸ばし、身をよじるパートリッジを引き寄せて、すみやかに強烈なこぶしの一発でおとなしくさせた。

「よし、これで終わった！」ジョニーがいった。「おまえにはパートリッジを任せる」

彼は乱れた服で意識を失っている男の襟首に手を突っ込み、立たせた。一方サムは、気を失ったジム・パートリッジの腕をつかんだ。

ふたりは手錠でつながったまま、空いているほうの手でひとりずつ男を引きずり、明かりのともるベランダに戻った。彼らの姿を見て、エレン・ラスクが屋敷から飛び出してきた。「警察に電話しました。今、来るところです！……」

「もう必要ない」ジョニーは平然としていった。「これ以上、厄介事は起こらないだろう」

「ミスター・パートリッジ！」ダイアナ・ラスクが息をのんだ。

「ああ。だが、こいつは別の男の手先にすぎない……。ミスター・クイゼンベリー、おれのいった謎の浮浪者とは、こいつだよ。ミネソタであんたの息子を殺したやつだ。おれたちは……古顔と呼んでいた！」

「だが、そいつはただの――浮浪者だ！」エリック・クイゼンベリーが大声でいった。

ジョニーは気を失った浮浪者を仰向けにし、顔に光が当たるようにした。

「こいつじゃないか？　ミネソタで、おれたちがこいつに特に注意を払わなかったのも、無理はないだろう？　こんな見事なメーキャップを見たのは初めてだ……」

「メーキャップ？」ダイアナ・ラスクが叫んだ。

「そうとも」ジョニーが気楽な口調でいった。「ひげは付けひげ、汚れはドーランだ……」

遠くの丘のふもとから、パトカーのサイレンが聞こえてきた。

ジョニーが急いでいった。「驚くなよ。今日の午後、真相に気づいたおれ自身も驚いた。だが、やつが大学時代に陸上選手だったと誰かから聞いていたら、驚きはしなかっただろうな」

「陸上……大学時代？」クイゼンベリーが驚いて叫んだ。「この男が？……」

「ああ。今日、こいつの家に行ったんだ。荷造りをしてた。本人が運動着を着た写真があって、シャツにHという文字が入っていた。見てろよ……」彼はポケットからハンカチをさっと出した。素早く二度動かして、浮浪者の顔からぼさぼさのひげを取り、さらに顔をハンカチで拭く。

「ウィルバー・タマラック！」

今や、パトカーは丘を登ってきていた。サイレンが恐ろしい音を立てて闇を切り裂く。

ジョニーがいった。「時計工場を任されている男以上に、サイモン・クイゼンベリーに信用されているやつがいるか？　それに、会社が儲かっているかどうかを知るのに、これ以上の立場があるか？」

パトカーのヘッドライトが、六時の私道を照らした。警察官がどっと降りてきて、銃を手に走ってくる。

その後、パートリッジのポケットから手錠の鍵を見つけたジョニー・フレッチャーは、解説を続けた。「タマラックは仕事で常に出張している。彼は飛行機でミネソタへ行ったんだ。あんたよりまる一日早くね、ミス・ラスク。変装も、大学時代に演劇に興味のあったこの男には、そう難しいことじゃなかった。やつはトムが時計を質入れしたことを知っていた。雇った私立探偵――ジム・パートリッジ――が、コロンバスにあることを突き止めたからだ。そこでタマラックは、ブルックランズでわざと逮捕されたが、自分の正体をトムには明かさなかった。たぶん、寝ている間にポケットを探るつもりだったんだろう。トムは何となく怪しいと思い、おれに質札を預けた。その後、タマラックがトムのポケットを探ったとき、トムが目を覚まして仕方なく絞殺したか、あるいは質札が見つからなかったのを逆恨みして——やったんだろう……。トムがおれに質札を渡すのを見ていて、それが理由で殺したのかもしれない。だが、やつにはおれを——あるいはサムを相手にする勇気がなかった。

やつはニューヨークに戻った。その間に、事態はややこしくなっていった。おれたちは好意でおしゃべり時計を取り戻し、あんたはこの家に返した。その間に、ボニータがニック・ボスに時計を売ろうとしたんだ。ボスはサイモンのコレクションを担保に大金を貸していたが、あのじいさんが金を貯め込んでいるんじゃないかと疑っていた。

ボニータは時計を盗むつもりだったのかもしれないが、ジョー・コーニッシュに先を越された。タマラックは巧みな推理で誰が盗んだかを知り、コーニッシュを殺して時計を自分のものにした。やつがほしかったのは蓄音機のレコードだけで、それを時計から奪った。それから時計を家に戻した。

その間、依頼客をゆするのを常としている如才ないジム・パートリッジは、さかんにあちこちを嗅ぎ回っていた。元々は、ウィルバー・タマラックを通じてこの一件に首を突っ込んだんだ。彼に雇われて、トミー・クイゼンベリーの……そして、時計の行方を突き止めた。タマラックは彼に、若者の祖父サイモン・クイゼンベリーの代理だといっていた。ところが、ニューヨークに戻り、おしゃべり時計と老人のことを耳にして、パートリッジはぴんと来た。元々タマラックに雇われていたパートリッジが、真相に気づくのは簡単だった。やつはタマラックを脅迫し、タマラックも手を組むふりをした……」

「それはわかった」サム・クラッグがいった。「だが、オハイオ州コロンバスの、あの質屋——アンクル・ジョー――に電話したとき、何者かがすでに時計のしゃべったことを聞き出したといわれただろう。パートリッジは知らず、タマラックはレコードを持っていたのなら、誰なんだ？……」

エリック・クイゼンベリーが咳払いした。「結局……わたしも金には多少の興味があってね」

ジョニー・フレッチャーは、エレン・ラスクを見た。彼女は目を伏せた。ジョニーはにやりとした。「まあ、法的に問題はあるかもしれないが、すべては家族の間のことだ、構わないだろう。あんたが金を見つけたんだな、ミスター・クイゼンベリー？」

クイゼンベリーはしばしためらってから、うなずいた。


ヒルクレスト警察の署長メリーマンが戻ってきた。「友人のマディガン警部補が、ニューヨークから来ている。ええと……きみに話があるそうだ、ミスター・フレッチャー」

ジョニーは顔をしかめた。「すぐに戻るよ。サム、来いよ」

ふたりが家を出ると、マディガン警部補が待っていた。折り畳んだ紙を持っている。「メリーマンから、おまえがここで何をしたかを聞いたよ、ジョニー。なかなかの活躍だ。しかし――いずれにしても、この書類を渡さなければならない。ホテルのマネジャーのピーボディが……」

ジョニーは弱々しくため息をついた。「今度は、ピーボディのご機嫌を取る方法を考えなくちゃならないわけか。金を払ったら、やっこさん、冷静になってくれるだろうか？」

「かもしれないな。四十ドル持ってるのか？」

「いいや。だが……」ジョニーはにやりとした。「なあ、警部補、おれたちゃ昔からの友人だろ？……」

マディガンは後ずさりした。「おれに金を借りようっていうんじゃないだろうな!」

「明日までだよ。たぶんミス・ラスクが、時計を売った手数料をおれに押しつけてくるだろう。だが、そうならなくても、事件はすべて片づいたんだから、本業に戻れる。そして——」

「そうこなくちゃ!」サム・クラッグが、からかうようにいった。

訳者あとがき

本書はフランク・グルーバーのジョニー&サム・シリーズ第五作目となる『おしゃべり時計の秘密』（一九四二）の全訳です。このシリーズを初めて読まれる方のために、まずはジョニーとサムについて少しご紹介したいと思います。

ジョニー・フレッチャーとサム・クラッグは、本のセールスを生業とする二人組。ジョニーはのっぽで痩せ型、サムは体重二百二十ポンド（約百キロ）のがっしりした体型。このサムの恵まれた体格を生かし、彼らは人の集まる場所で、いわば〝実演販売〟を行います。ジョニーは上半身裸のサムを「ヤング・サムスン」と呼び、頑丈なベルトや鎖を胸に巻きつけ、断ち切らせます。そして、病弱だった彼がこのような肉体を手にした秘訣が書かれた本『だれでもサムスンになれる』を「たったの二ドル九十五セント」で販売するわけです。本は飛ぶように売れますが、稼いだお金はギャンブルや株に消え、たいてい金に困っている状況。しかしジョニーはまったく意に介しません。ホテル代を踏み倒すのは朝飯前。犯罪すれすれどころか、まぎれもない犯罪も含め、あの手この手で世の中を渡っていきます。サムのほうは犯罪行為には気が進まないようですが、背に腹は代えられぬということでジョニーに従います。同じく、犯罪のにおいを嗅ぎつけると首を突っ込みたがるのはジョニーで、サムはしぶしぶ巻き込まれるというのがお約束となっています。

本書にも登場する〈四十五丁目ホテル〉のマネジャー、ミスター・ピーボディや、ベル・キャプテンのエディ・ミラー、『だれでもサムスンになれる』の版元モート・マリ、ニューヨーク市警のマディガン警部補などは、シリーズを通じておなじみのキャラクター。特にミスター・ピーボディは、第一作『フランス鍵の秘密』から、ふたりにしてやられる役柄として定着しています。

さて本書は、ジョニーとサムが刑務所に放り込まれるところから始まります。そこでトムという青年と出会ったのをきっかけに、ふたりは〝おしゃべり時計〟をめぐる騒動に巻き込まれていきます。私立探偵にギャングに謎の美女と、グルーバーらしいエンターテイメント要素が盛りだくさんの作品です。

シリーズのもうひとつの読みどころは、先ほども触れたように、主に経済的なピンチに陥ったときのジョニーの機転です。シリーズ全体でのジョニーの珍アイデアは数えきれないほど。本作でもお金を払わずふたり分のスーツを新調してみせます。恒例の〝実演販売〟は、今回はとても意外なところで行なわれますので、これから本文を読まれる方はどうぞお楽しみに。

昨年刊行された『はらぺこ犬の秘密』（森沢くみ子訳）のあとがきにもありますように、本シリーズの刊行に当たっては故・仁賀克雄氏のご尽力がありました。この場を借りて深く感謝いたします。

ジョニー&サムのシリーズは全十四作。今後も未訳作品は論創社より順次刊行の予定です。ふたりの活躍はまだまだ続きますので、ぜひ楽しみにお待ちください。

〔著者〕
フランク・グルーバー
アメリカ、ミネソタ州生まれ。9歳で新聞の売り子として働く。貧しい青年が苦難の末、大富豪になるホレイショ・アルジャー・ジュニアの立身出世物語に夢中になり作家を志す。農業誌の編集を経て、〈ブラック・マスク〉などのパルプ雑誌を中心に作品を発表する。代表作に『フランス鍵の秘密』(40)、『笑うきつね』(40)、The Pulp Jungle (67) など。

〔訳者〕
白須清美（しらす・きよみ）
早稲田大学第一文学部卒業。英米文学翻訳家。主な訳書にC・ディクスン『かくして殺人へ』、P・クェンティン『犬はまだ吠えている』、C・デイリー・キング『いい加減な遺骸』など。

おしゃべり時計《どけい》の秘密《ひみつ》
——論創海外ミステリ　233

2019年5月20日　初版第1刷印刷
2019年5月30日　初版第1刷発行

著　者　フランク・グルーバー
訳　者　白須清美
装　丁　奥定泰之
発行人　森下紀夫
発行所　論 創 社

〒101-0051　東京都千代田区神田神保町2-23　北井ビル
TEL:03-3264-5254　FAX:03-3264-5254　振替口座　00160-1-155266
WEB:http://www.ronso.co.jp

印刷・製本　中央精版印刷
組版　フレックスアート

ISBN978-4-8460-1829-0
落丁・乱丁本はお取り替えいたします